Le Grand Soir

Du même auteur

La République des faibles
La Manufacture de livres
10-18 collection « Grands détectives », 2022

Gwenaël Bulteau

Le Grand Soir

la manufacture de livres

Si vous souhaitez recevoir notre catalogue
et être tenu informé de nos publications,
envoyez vos coordonnées en citant ce livre à :

La Manufacture de livres, 101 rue de Sèvres, 75006 Paris
ou
contact@lamanufacturedelivres.com

ISBN 978-2-35887-913-2

PROLOGUE

Paris, Levallois-Perret, 22 janvier 1905

La dépouille arriva gare de Lyon, par le train en provenance de Marseille. Des hommes en costume noir portaient le modeste cercueil, quatre planches sous un linceul rouge, car la défunte n'aurait jamais voulu autre chose.

Avec la mort de Louise Michel, une époque se terminait. La Louve avait succombé à une pneumonie et des milliers de personnes lui rendaient hommage ce jour-là, sous une neige fine et collante, en suivant son corbillard jusqu'au cimetière de Levallois-Perret. Beaucoup d'ateliers et de petit syndicats s'étaient cotisés. La préfecture avait interdit les drapeaux révolutionnaires, alors, pour contourner le problème, les gens du peuple avaient orné leurs couronnes de petits rubans rouges en souvenir de la Commune. Tout le monde se rappelait que Louise Michel avait voulu se rendre à Versailles pour tuer Thiers de ses propres mains. Elle l'avait clamé haut et fort. À son procès, elle avait réclamé le même traitement que ses camarades, la mort, mais en tant que femme elle n'avait eu droit qu'au bagne.

Jeanne se fondait dans la foule et s'y sentait à l'aise, maintenant, presque joyeuse et excitée, même si la journée s'annonçait crépusculaire. Elle sentait la chaleur des corps, l'odeur de la sueur mêlée à celle de la graisse des machines, les haleines parfumées de vinasse. Ouvriers, prolétaires, l'étiquette leur collait à la peau et ils avaient beau porter leurs habits noirs pour l'occasion, ils ne trompaient personne avec leurs casquettes rabattues sur le front et leurs mains enfoncées dans les poches, avançant contre le sale temps de janvier en se racontant des souvenirs. Elle avait la peau dure, la Louve ! L'autre salaud de chouan lui avait collé une balle dans la tronche qu'elle avait gardée en elle jusqu'au dernier jour. Cette femme était tellement bonne pour le peuple qu'ils en pleuraient de dévotion. C'était une héroïne, une sainte ! Même les hommes au cœur endurci avaient la moustache qui tremblait. En un jour, ils étaient tous devenus orphelins.

Le cortège avançait sur les boulevards périphériques et les policiers déployés, raides dans leurs capelines, regardaient les participants d'un air pincé, main sur la poignée du sabre, prêts à dégainer. Sous un pont ferroviaire, la chaussée se rétrécissait, créant un goulot d'étranglement dans lequel les gens passaient un à un, sous l'œil des forces de l'ordre. Un gradé, dont l'air aristocratique donnait envie de lui enfoncer son sabre dans la gorge, désignait d'une main molle les hommes à contrôler.

– Toi, là ! lança-t-il. Interdiction d'afficher du tissu rouge sans inscription. Donne ta couronne.

Son doigt pointé sur le pauvre diable, doigt se retournant et faisant signe à l'ouvrier de s'approcher, à la manière d'un instituteur hélant un gamin. L'homme cracha par terre, poussa un juron, un blasphème, tout ce qui pouvait horrifier les chastes oreilles des autorités. Plusieurs agents avancèrent aussitôt. Ils n'attendaient que cela, en découdre. Prudente, Jeanne s'écarta. Si elle avait appris une chose au contact des ouvriers, c'était de se méfier des uniformes. Autour d'elle, les policiers s'entreprenaient avec des membres du cortège, toujours pour la même raison, le rouge anti-républicain, la couleur honnie du sang ouvrier et du soulèvement populaire, le défi à l'autorité. Pleins de zèle, ils confisquaient les drapeaux et les entassaient dans leurs fourgons.

– Jamais je ne vous laisserai la souiller ! dit l'homme en déposant un baiser sur le ruban rouge avant de jeter la couronne par terre et de la piétiner, sous l'œil narquois du gradé.

– Circule ! File rendre hommage à ta putain !

Humilié, l'ouvrier baissa la tête et serra les poings sans répondre, une réaction de vaincu.

Devant le cimetière de Levallois-Perret qui n'était pas assez grand pour contenir l'assistance, le cercueil rouge fut exposé sur un catafalque. Des hommes se hissèrent sur les grands murs d'enceinte en haut desquels ils se tenaient debout, immobiles, dans un hommage quasiment martial. Le désir fulgurant de les rejoindre traversa Jeanne. Elle cala ses doigts dans les anfractuosités du mur et commença son ascension. On lui tendit la main, tu penses, une belle fille comme elle. L'homme la hissa en riant – elle était légère comme une plume – posant au passage une main sur ses hanches, il en profitait. Elle rit de concert, mais s'écarta aussitôt, on ne savait jamais ce qui pouvait leur passer par la tête. De là-haut, elle voyait à perte de vue la foule d'où s'élevaient des étendards et des fanions rouges interdits ornés de franges. On la salua en levant les bras. Elle répondit gravement de ses petites mains blanches capables de jouer du piano et de tenir les rênes d'un alezan. Oui, elle était chic et, même en tenue d'ouvrière endeuillée, elle attirait les regards. Devant le cimetière, les hommages se succédèrent et elle s'imagina en Louve, elle aussi, mystique et désintéressée, habitée par le désir de justice.

Des femmes qui de loin la prenaient pour l'une des leurs levaient le poing en sa direction. Jeanne, le visage grave, leur répondait par le même geste. En fréquentant la rue, elle en avait compris les codes. Elle avait beaucoup travaillé à chasser le naturel. Elle avait désappris les manières de son enfance. Elle ne retournerait pas au bercail, ça non, pas avec ce que sa famille lui promettait ! Sa décision était définitive. Jamais elle ne rentrerait dans le rang !

Pour preuve, elle avait réussi à s'enfuir de chez elle, encore une fois, malgré la surveillance dont elle était l'objet. Les chiens n'avaient pas aboyé, forcément, depuis le temps qu'elle les achetait en les gavant de pierres de sucre !

Une phrase lui revint en tête : la famille secrétait ses propres anticorps. Ou avait-elle entendu cette drôle de métaphore médicale ? Dans un discours de Madeleine Pelletier, peut-être, parlant des jeunes filles qui s'évertuaient par leur comportement à neutraliser l'effet toxique de leur milieu.

Là, maintenant, au-dehors, sa vie lui appartenait. Jeanne se sentait heureuse avec ses amis et imaginait l'avenir. Il lui restait juste un problème à régler.

Elle ignorait encore qu'elle vivait le dernier jour de son existence.

CHAPITRE 1

Roquefort, 12 avril 1906

Si les ouvrières manquaient de grâce, toutes étaient belles dans l'ardeur qu'elles mettaient à danser les farandoles et les cordées, ou en improvisant des pas au rythme de l'accordéon. Elles osaient tout après la victoire, même se mettre la tête à l'envers, au bar, car cinq jours plus tôt, personne n'aurait misé un kopeck sur le succès de ces filles de rien, ces cabanières des fromageries de Roquefort qui s'étaient élevées contre l'exploitation.

Depuis longtemps, elles parlaient de se mettre en grève, sans jamais franchir le pas. Il leur manquait une étincelle qu'elles avaient trouvée en la personne de la citoyenne Sorgue, de son vrai nom Antoinette Durand de Gros, devenue en quelques jours leur idole. Cette révolutionnaire originaire de l'Aveyron tenait son pseudonyme d'un de ses amis qui l'avait appelée Sorgue, autrefois, en réalisant avec son nom une sorte de palindrome, peut-être une façon de saluer le fait qu'elle nageait à contre-courant dans la société qui était la sienne.

Son train était arrivé à Tournemire, la gare la plus proche de Roquefort et le convoi n'était pas encore tout à fait arrêté que Sorgue se dressait sur le marchepied, en levant le poing, parée de sa tenue de combat : une robe noire cintrée à la taille d'une bande de tissu écarlate, ainsi qu'un chapeau surmonté d'un panache de plumes flamboyantes. Elle avait sauté sur le quai et aussitôt, les ouvrières l'avaient entourée, l'étouffant presque sous leurs remerciements tandis que Leroy, son secrétaire, essayait de faire la police.

L'étincelle déclencha un incendie. La citoyenne créa un syndicat auquel toutes les ouvrières s'affilièrent, ridiculisa les bonnes sœurs qui associaient la grève et le diable et réussit à faire venir la presse nationale pour donner un écho retentissant à l'action de ces bonnes filles catholiques, comme aimaient les dépeindre les journaux.

En cinq jours de lutte seulement, les six cents ouvrières des caves de Roquefort avaient obtenu l'impensable : terminés les journées à rallonge, les salaires minables, les amendes en cas de retard ou de journées d'absence ; terminés l'interdiction de parler, la pension forcée chez les sœurs, les tutoiements et les privautés des contremaîtres. Le plus dégueulasse d'entre eux avait même été renvoyé. C'était la première fois que Leroy assistait à une victoire ouvrière aussi rapide. Pour une fois, les choses avaient tourné en leur faveur. Craignant de voir leur beaux fromages pourrir, les patrons avaient cédé sur tous les terrains.

Sorgue regardait danser les ouvrières avec satisfaction. La victoire lui donnait du baume au cœur mais la joie qu'elle éprouvait se dissipait déjà. Derrière son personnage de femme forte, Leroy connaissait les tourments qui la rongeaient. Elle éprouvait l'angoisse des bouleversements à venir, en particulier la vente du domaine familial où elle avait grandi. Elle n'arrivait pas à profiter de son succès. S'arrêter dans son élan lui aurait porté un coup alors elle pensait déjà à d'autres batailles. Sorgue avait fait illusion tout le temps du conflit parce que les ouvrières comptaient sur elle. Quand les reporters de *L'Humanité* et de *La Voix du peuple* étaient arrivés pour relater la grève des jeunes femmes, elle avait joué la vedette en affichant une détermination sans faille. La présence de la presse la regonflait à bloc. Au moment des photographies, des groupes de filles avaient fixé l'objectif en croisant les bras, comme Sorgue leur avait appris à le faire. La citoyenne aimait la lumière ? Leroy la lui laissait entière et aveuglante. Quant à lui, pas question d'apparaître dans la presse ; il tenait à sa tranquillité.

Bien qu'il fût officiellement le secrétaire de la citoyenne, Leroy remplissait aussi la fonction de garde du corps – grand et large d'épaules, il avait le physique de l'emploi. Elle l'avait embauché pour se prémunir des mauvais coups. En tant que révolutionnaire, anarchiste et féministe, elle se sentait persécutée, à tel point qu'au domaine familial dont elle avait hérité, il lui avait aménagé une chambre au-dessus de la grange, à côté de la maison d'habitation, pour tromper d'éventuels assaillants. Mais depuis six mois qu'il était à son service, il n'y avait eu aucune alerte, comme si sa simple présence dissuadait les ennemis de la citoyenne de passer à l'action.

Sorgue échangea avec les ouvrières et prit le temps de les féliciter une à une. Quand elle fut à bout de forces, migraineuse, elle voulut rentrer à l'hôtel. Les cinq jours n'avaient pas été de tout repos. Des gamins étaient venus de nuit l'insulter copieusement sous ses volets et les tensions avec le contremaître renvoyé, qui répondait au doux nom de Delavache, avaient été vives, au point qu'un soir où il menaçait les grévistes, une fille lui avait lancé des pierres qui l'avaient heurté au crâne.

Leroy ferma les volets de sa chambre. La citoyenne se sentirait mieux dans l'obscurité avec sa migraine.

– Je vais rester à côté, en cas de besoin.

– Je préférerais que tu te montres au bal. Avec ce qu'il s'est passé, j'ai peur que le contremaître ne s'en prenne aux filles.

– Vous avez de quoi vous défendre ? demanda Leroy après une hésitation.

– Bien sûr. Je garde toujours mon arme avec moi, dit-elle en désignant son sac.

Un peu avant Noël, elle avait exprimé le désir d'apprendre à tirer. Il lui avait donné des conseils sur le plateau, non loin du domaine familial, et elle s'était exercée en criblant de balles des troncs d'arbre : tenir fermement l'arme, anticiper le recul, viser le milieu du corps au lieu de la tête car on avait plus de chances de toucher sa cible mais aussi recharger rapidement et apprendre à démonter et nettoyer son arme. Elle avait trouvé les leçons romantiques car elle s'imaginait, parfois, cernée par la police et se battant dans la fumée des coups de feu pour vendre chèrement sa peau. L'idée de mourir en martyre de la cause ne lui déplaisait pas, en théorie.

– Enfermez-vous dans votre chambre, lui conseilla-t-il. Poussez un meuble devant la porte. Si quelqu'un frappe sans se présenter, n'ouvrez pas. Je vais demander au patron de l'hôtel de ne vous déranger sous aucun prétexte.

Elle s'était retournée dans son lit et s'assoupissait déjà. De retour sur la place du village, Leroy constata que l'ambiance avait baissé d'un ton. Les ouvrières avaient dépassé le stade de l'exaltation, la fatigue leur tombait dessus et l'idée de retourner dans les caves glaciales, dès le lendemain matin, pour manipuler les meules de fromage, leur soulevait le cœur.

– Oh, m'sieur Leroy !

Il reconnut le ton impertinent d'une ouvrière à la beauté singulière, avec sa chevelure blond vénitien et sa peau tachée de son. Emmitouflée dans son gilet de laine, elle incarnait la parfaite bergère des cartes postales, telle que les Sociétés en donnaient l'image. À la nuance près qu'à vingt-cinq ans, déjà, elle se fanait. Depuis le début, ils avaient échangé des regards appuyés. Pour ne rien gâter, c'était elle qui avait lancé la pierre dans la gueule du contremaître, Leroy l'avait vue : « Vous visez bien ! lui avait-il glissé. – Ce n'est pas moi, s'était-elle défendue, elles sont tombées du ciel, mais reconnaissez que c'était beau, cette pluie de cailloux sur ce salopard. » La réponse avait ravi Leroy qui se reconnaissait dans ce côté glaive de la justice.

– Tenez-moi donc compagnie, dit-elle en lui prenant le bras.

– Bravo pour ce succès, lui répéta-t-il, ravi de se faire harponner.

Elle appartenait au groupe des meneuses. Comme elle avait de la gouaille, ses camarades l'avaient désignée représentante et elle avait réussi à négocier avec les patrons sans lâcher le morceau.

– C'est surtout la victoire de la citoyenne Sorgue, lui répondit-elle. En la voyant sur le marchepied du wagon, j'ai su qu'on allait gagner. C'était beau d'entonner des chants révolutionnaires en son honneur à l'annonce de la victoire.

Il lui sourit en essayant de se rappeler son prénom, mais impossible d'y parvenir, elle n'était qu'une ouvrière noyée dans la multitude. Il sentait son parfum et l'envie lui nouait le ventre de plonger le nez dans ses cheveux et de finir avec elle dans un coin sombre.

– Ne vous sous-estimez pas, mademoiselle. C'est votre victoire. Vous allez prendre la tête du syndicat ?

– Le syndicat ! tonna l'ouvrière, à la manière de Sorgue, le seul moyen de lutter contre l'exploitation !

L'imitation, plutôt réussie, amusa Leroy.

– C'était un grand moment de voir les filles faire la queue pour prendre leur carte, poursuivit-elle plus sérieusement. Oui, cette idée me tente, même si, pour tout vous avouer, je me suis sentie tellement bien dans la lutte que j'aurais voulu qu'elle ne s'arrête jamais.

Il comprenait ce qu'elle voulait dire mais n'alla pas à l'encontre de sa bonne volonté. Si elle voulait s'investir, libre à elle. Malheureusement, il pensait que les filles, une fois revenues à leur routine, abandonneraient le syndicat, parce qu'elles auraient trop à faire avec leur emploi, leur vie de ménagère à la maison et l'éducation des mômes. Il y aurait un flottement pendant quelque temps et les acquis seraient rognés jusqu'à retrouver leur niveau d'antan.

– Mais parlez-moi de vous, m'sieur Leroy ! Vous vous effacez tellement derrière Sorgue ! D'où venez-vous ?

– De Paris. Dans le 2ème, au croisement de Turbigo et de Sébastopol, mais j'ai passé la plupart de mon temps dans les locaux de la Bourse du travail, près de la place de la République. C'est à Paris que j'ai rencontré la citoyenne, d'ailleurs, lors du congrès d'unification du socialisme.

Il lui raconta des souvenirs de la vie parisienne, la visite de l'Exposition universelle de 1900 avec la grande roue et le village nègre. Les enfants noirs comme de l'ébène avec leurs dents d'une blancheur insane. Il n'aurait pas aimé les croiser dans les rues de Paris, les pauvres, qu'on avait extraits de leur village et transportés dans la rigueur de la pierre de taille. Des histoires circulaient comme quoi ils mangeaient de la chair humaine. Mais elle ne l'écoutait pas.

– Vous êtes allé à Courrières, n'est-ce pas ? lui demanda-t-elle.

C'était donc cela qui l'intéressait. Une catastrophe minière avait eu lieu dans le Nord, le mois précédent, quand un incendie mal maîtrisé avait provoqué une explosion tuant des centaines de mineurs. Ce que Leroy avait vu dans le bassin minier l'avait marqué à vie : les corps carbonisés couverts de chaux enfermés dans des sacs ; la salle municipale transformée en chapelle ardente sous la surveillance des gendarmes ; un prêtre qui bénissait les corps à la chaîne avant la mise en bière. On posait parfois une alliance sur un cercueil, mais la plupart du temps, rien ne permettait de reconnaître ses proches. Dans les villes du bassin touchées par la catastrophe, des femmes ayant perdu leur famille entière erraient dans les rues, devenues folles, d'un coup. Oui, ce qu'il avait vu l'avait indéniablement transformé. À la suite de la catastrophe, la grève s'était répandue comme une traînée de poudre. Il y avait des heurts entre grévistes et non grévistes et des affrontements quotidiens avec la police et l'armée. Comme de nombreux camarades, Sorgue et lui avaient fait le voyage afin d'assurer les mineurs en grève du soutien de la France révolutionnaire.

– C'est vrai, nous y étions. Comment le savez-vous ?

– Sorgue apparaissait sur la photographie.

Elle parlait du cliché emblématique paru dans les journaux. Au premier plan, Benoît Broutchoux, l'anarcho-syndicaliste proche de la CGT, croisait les bras à côté de la citoyenne qui posait sur sa chaise, de profil. Derrière eux, les mineurs, serrés les uns contre les autres, formaient un mur. Sorgue était la seule à ne pas fixer l'objectif, mais regardait ailleurs, perdue dans sa vision d'une société égalitaire. La centrale syndicale voulait en faire des cartes postales et les vendre pour le soutien aux veuves.

– Vous me raccompagnez ? demanda l'ouvrière.

De plus en plus pressante. Sa tête maintenant s'abandonnant contre son épaule. Ses doigts qui jouaient sur les muscles de ses bras.

– Volontiers !

Elle afficha pour la première fois un vrai sourire, dévoilant ses dents qui se chevauchaient bizarrement, les canines mal rangées poussant par-dessus les incisives mais une soudaine prise de conscience lui fit poser sa main sur sa vilaine bouche. De l'extérieur, ils ressemblaient à un charmant couple, sauf qu'on n'était pas un dimanche sur la place du village, mais un soir de semaine à la tombée de la nuit et qu'ils rasaient les murs. Sur la route, gisaient encore de petits fanions rouges qu'on balaierait bientôt pour les mettre à la poubelle.

Ils voyaient la façade de l'hôtel lorsque retentit une détonation. C'était étrange, en plein bourg. Les chasseurs fréquentaient plus volontiers les bois. Et puis les clients et le personnel se mirent à sortir de l'établissement en courant.

– Restez là, dit Leroy, qui se fraya un chemin dans l'attroupement.

– Il m'a tiré dessus ! expliquait le patron de l'hôtel, au visage décomposé. J'ai cru qu'il allait me tuer mais, au dernier moment, il a levé le canon et les plombs sont entrés dans le plafond !

– Où est Sorgue ? demanda Leroy. Que se passe-t-il ?

– C'est le contremaître ! Delavache ! Son renvoi l'a rendu fou. Il est monté à l'étage pour régler son compte à la citoyenne !

Les témoins attroupés devant l'hôtel se mirent à pousser des cris quand, derrière un volet entrouvert, apparut un canon de fusil passant la foule en revue. Puis le bout noir se dressa vers le ciel et une autre détonation retentit. L'homme derrière le fusil se mit à crier des insanités, comme quoi il allait buter la putain rouge et rendre ainsi un fier service au pays. Grâce à lui, les choses allaient rentrer dans l'ordre. Leroy sentit tous les poils de son corps se hérisser.

Des hommes partirent avertir les gendarmes. Ils arriveraient trop tard et quand bien même, Leroy les connaissait, les cognes, qui rêvaient tous de lancer l'assaut, le canon en avant et de zigzaguer entre les balles. C'était le moment ou jamais pour le secrétaire de montrer ses qualités : il avait justement été embauché pour ce genre de situation.

CHAPITRE 2

Paris, 12 avril 1906

Lucie s'y prenait maladroitement. La photographie de sa cousine à la main, elle s'adressait à des passants qui lui jetaient un regard vague et continuaient leur chemin. Parfois, un homme l'entreprenait, dans l'espoir de gagner ses faveurs. C'était elle, alors, qui s'en allait.

– Cette femme s'appelle Jeanne Desroselles. Elle a disparu. Je sais qu'elle fréquentait ce quartier. Est-ce que vous l'avez déjà vue ?

Parfois, les gens connaissaient de nom cette famille parmi les plus huppées du 8e arrondissement, et dans le domaine, la concurrence était rude.

– De quand date sa disparition ? lui demanda un passant.

– Cela remonte à plus d'un an. Personne n'a eu de nouvelles depuis le jour de l'enterrement de Louise Michel.

Il fit la grimace et lui demanda si la police était au courant. Elle répondit que oui. L'affaire avait fait du bruit, à l'époque. Monsieur Desroselles avait promis une belle récompense à qui apporterait des informations sur la disparition de sa fille. Malheureusement, personne n'avait trouvé la moindre piste. À présent, les chances de la retrouver vivante étaient très faibles. Peut-être avait-elle quitté Paris de son plein gré ou alors il lui était arrivé malheur, impossible de le savoir. Des photographies de sa cousine avaient paru récemment dans les journaux, à la demande de la famille, pour relancer l'enquête.

Mais que savait Lucie, au fond ? Pas grand-chose, sinon la version répétée par ses parents. Jeanne était en rupture de ban, passant pour l'exemple même de l'individu ingrat qui mord la main nourricière. Elle avait écrit plusieurs lettres à sa cousine où elle lui faisait part de son appétence pour l'autre monde. Lors d'une première fugue qui avait duré plusieurs semaines, elle avait vécu parmi les prolétaires. Son frère l'avait retrouvée et ramenée à la maison. Pour peu de temps. Quelques jours plus tard, elle disparaissait de nouveau.

Lucie avait été surprise de recevoir, au début du mois de janvier, une invitation à passer un séjour à Paris, chez son oncle, Serge Desroselles, le père de Jeanne. L'homme avait fait fortune dans la chimie, le soufre en particulier, mais aussi le phosphore qu'on utilisait partout, en agriculture, dans le textile, pour la fabrication de nombreux produits du quotidien, des allumettes jusqu'à la poudre à canon. Rien ne lui résistait, disait-on. C'était du moins la réputation dont il jouissait dans la famille.

Le père de Lucie avait demandé à sa fille son avis. C'était tout à son honneur à une époque où on ne se souciait guère de la volonté des femmes. L'idée de vivre à Paris quelque temps enchanta la jeune fille, même si elle savait que la disparition de Jeanne pesait sur la maison. Elle s'était demandée quelle serait sa place. Cette invitation était-elle une manière de rattraper ce qu'ils n'avaient pas pu faire avec leur propre fille ? Elle avait été bien accueillie, même si elle se sentait surveillée. Ses hôtes gardaient un œil sur elle, quoi de plus normal avec le traumatisme de la disparition de leur enfant.

Lucie arriva devant la devanture d'un bistrot de la rue Beaurepaire où se tenait une réunion politique. Elle savait que Madeleine Pelletier serait présente ce soir-là, dans la grande arrière-salle où le gratin contestataire de Paris se réunissait, parce qu'elle figurait dans la liste des intervenants et devait s'exprimer sur l'émancipation des femmes.

Elle prit place discrètement au fond de la salle, les mains posées sur les genoux, immobile. Bien sûr, elle avait remisé ses bijoux au placard et choisi des habits sobres, une vieille paire de bottines à boutons, des gants de veau plutôt que de soie, ainsi qu'un chapeau emprunté à une des bonnes de la maison. Elle passa inaperçue car, dans ce brouhaha, tout le monde se fichait de sa présence.

Les gens criaient pour se faire entendre. Les conversations étaient vives, pleines d'éclats de voix et d'appels à la vengeance. Mais lorsque Victor Griffuelhes monta sur l'estrade, la salle se tut instantanément. Le secrétaire général de la CGT rappela la situation des mines de Courrières. Aussitôt la catastrophe, les ingénieurs avaient fait le choix d'envoyer les mineurs éteindre les incendies pour préserver le charbon plutôt que de sauver les camarades. Et le feu n'était pas encore éteint que les patrons avaient redémarré l'exploitation ; plus de 40 000 mineurs du bassin s'étaient alors mis en grève et la lutte durait depuis un mois. Tous les jours, les sauveteurs remontaient des cadavres et leur état montrait qu'ils étaient morts bien après la catastrophe. Tous les jours les grévistes affrontaient les militaires envoyés par Clemenceau. À peine nommé au ministère, le bel homme de gauche avait retourné sa veste ! Nous ne sommes pas du même côté de la barricade, qu'il avait dit !

Les ouvriers se mirent à pleurer en pensant à leurs camarades. Ils s'en souviendraient, du 10 mars 1906, du courage des mineurs et de l'indécence des financiers. Lucie avait entendu parler de cette tragédie, bien sûr. L'émotion avait secoué le pays entier. Son oncle avait signé un gros chèque aux œuvres caritatives catholiques pour venir en aide à ces pauvres bougres. Mais ça, c'était avant que la grève ne dégénère.

Partout en France, de Brest à Marseille, en passant par Limoges, se déroulaient des manifestations pour soutenir les mineurs. Une petite musique montait dans l'air : il fallait transformer cette catastrophe en victoire du peuple. Le premier mai à venir, coché depuis longtemps sur le calendrier, approchait à grands pas. De toute la

France allaient converger sur Paris les ouvriers unis sur le slogan des huit heures. C'était le moment de porter ses revendications.

Les ouvriers applaudissaient poliment mais trouvaient Griffuelhes un peu mou. Lucie, effarée, entendait les spectateurs parler ouvertement d'émeutes, de barricades et de bâtiments officiels pris d'assaut. Elle eut un frisson : c'était une révolution qui s'annonçait ? Ne se disait-il pas dans les salons que la manifestation serait interdite ? On parlait même de faire venir l'armée à Paris pour maintenir l'ordre.

Après le secrétaire général de la CGT, les orateurs se succédèrent et bientôt, ce fut au tour de Madeleine Pelletier de s'exprimer. Quand la jeune fille la vit arriver sur l'estrade, elle n'en crut pas ses yeux parce qu'elle s'attendait à une autre image de la féminité. Peut-être imaginait-elle une révolutionnaire aux longs cheveux d'or, qui envoûterait les hommes de sa présence magnétique. Au lieu de quoi, se tenait là une petite dame courtaude, habillée en pantalon et veste de costume, avec un melon sur la tête qu'elle ôta pour dévoiler des cheveux coupés en une brosse hommasse.

Seulement, quand elle prit la parole, son discours toucha Lucie droit au cœur : l'égalité nécessaire entre les hommes et les femmes passait par toute une série de mesures dont la première était le droit de vote car l'esclavage des femmes provenait de leur exclusion politique. Puis elle lança l'idée que, le jour des élections législatives, les femmes – et les hommes qui voudraient se joindre à elles, bien entendu – entrent dans les bureaux de vote et renversent les urnes à coups de pied.

Cette proposition déclencha des applaudissements épars qui s'éteignirent rapidement. Estimant sa mission accomplie, Madeleine Pelletier descendit de l'estrade et prit le chemin de la sortie. Aussitôt, Lucie lui emboîta le pas.

– Madame ? Euh... Docteur Pelletier ? lança-t-elle une fois à sa hauteur.

– À qui ai-je l'honneur ?

– Je m'appelle Lucie Desroselles. Je recherche ma cousine qui a disparu depuis plus d'un an. Elle s'appelle Jeanne. Regardez, voici sa photographie.

Elle la lui mit sous le nez. Les deux filles avaient un air de famille. Blondes toutes les deux. Un visage aux pommettes accentuées. Des lèvres bien dessinées. Un nez droit. Deux beautés à la prussienne.

– Je ne la connais pas, dit-elle après une hésitation.

La déception se lut sur le visage de la jeune fille.

– Vous êtes sûre ? Elle m'a beaucoup parlé de vous, pourtant, elle venait à vos conférences. Vous étiez une source d'inspiration pour elle.

– Non, vraiment, je suis désolée.

Pelletier voulut reprendre son chemin mais la jeune fille ne s'en laissa pas conter.

– Les policiers se sont avérés incapables de trouver la moindre piste. Ils ont arrêté des gens, paraît-il, qu'ils ont relâchés. Comme il s'agissait d'une disparition, ils ont prétendu que c'était une façon pour ma cousine de couper les ponts car elle ne s'entendait pas avec sa famille. Étant majeure, elle pouvait se rendre où bon lui semblait.

– Mais vous avez envisagé cette piste, qu'elle ait pu disparaître volontairement ? Après tout, si la mésentente était forte, pourquoi ne se serait-elle pas enfuie ?

Une colère fugace traversa le visage de Lucie. Elle venait demander de l'aide et se faisait rembarrer. Elle haussa la voix, se montrant capable d'autorité, à moins que le sentiment de hauteur fût naturel chez elle.

– Écoutez-moi jusqu'au bout, s'il vous plaît ! Jeanne vous admirait. Vous étiez un modèle pour elle car vous incarniez l'espoir. C'est pour cette raison que je viens vous voir.

Madeleine Pelletier allait lui répondre quand la présence policière au bout de la rue attira son attention. Des agents contrôlaient les passants, à la recherche d'armes ou de papiers compromettants. En retour, des ouvriers leur lançaient des noms d'oiseaux. Ceux qui ne se laissaient pas faire se retrouvaient menottés dans des fourgons blindés.

– Qu'est-ce que...

Pelletier posa une main sur le bras de Lucie Desroselles.

– Chut... ne bougez pas. Ne dites rien, souffla-t-elle en lui faisant effectuer un demi-tour.

– Les femmes, arrêtez-vous ! cria un agent à la vue de leur manège.

Il leur demanda leur identité. Le nom de Pelletier ne lui évoquait rien. Il allait les laisser partir quand la jeune femme, sûre de son bon droit, gâcha tout en justifiant de son rang.

– Je m'appelle Lucie Desroselles, s'écria-t-elle. Je loge chez mon oncle, Serge Desroselles, un ami du secrétaire général de monsieur Lépine.

– Vous parlez du domaine Desroselles près du parc Monceau ?

– Vous connaissez ?

– Bien sûr ! Qui ne connaît pas les grands de ce monde ? Désolé, mademoiselle, je vous avais prise pour une putain !

La réponse glaça Lucie. L'homme à l'air buté ne plaisantait pas.

– Quel âge avez-vous ?

– Vingt ans.

– Vous ne devriez pas vous promener à cette heure dans ce quartier mal famé, vous pourriez faire une mauvaise rencontre. D'ailleurs, je vous ai vue sortir de cet établissement. Qu'y faisiez-vous ?

– Qu'est-ce qui vous prend ! protesta Lucie Desroselles. Donnez-moi votre nom ! Vous aurez de mes nouvelles !

Sûre de ce qui allait se passer, Pelletier soupira.

– Emmenez-la au poste, gueula le flic. N'oubliez pas sa camarade, celle déguisée en homme. Une nuit en cellule les ramènera à de meilleurs sentiments.

CHAPITRE 3

Roquefort, 12 avril 1906

Le jour de leur arrivée à Roquefort, Leroy avait parcouru l'hôtel de long en large afin de repérer l'organisation des pièces et leur manière de communiquer entre elles, les points faibles de l'établissement et les possibilités de fuite en cas de besoin. La porte de service, qui donnait dans la cour où l'on versait des ordures pour les poules, restait ouverte la plupart du temps. C'est par là qu'il passa pour s'infiltrer dans l'hôtel, désert, puisque les gens sains d'esprit avaient quitté les lieux.

Il traversa la cuisine aux lourdes odeurs de graisse puis le hall où les trophées de chasse posaient sur lui des regards fixes, pour arriver au pied de l'escalier. Plus haut, la voix furieuse du contremaître culminait entre les récriminations, les menaces et les apitoiements sur son sort. Il avait tout donné à l'entreprise ! Il avait reçu la médaille du mérite et un beau diplôme ! Les patrons l'avaient même invité, une fois, à leur table ! Et là, à cause d'une saloperie de bonne femme, on le traitait comme un chien ! Oh, à vrai dire, on le traitait moins bien qu'un chien parce qu'on pouvait éprouver de la pitié à l'égard d'un animal, tandis que lui n'avait droit à rien !

Leroy fut rassuré sur un point : le contremaître, perdu dans ses jérémiades, dépassé par ce qu'il avait mis en branle, n'avait pas encore abattu Sorgue. Il hésitait. Tout le monde était capable de proférer des menaces ; passer à l'action, c'était une autre paire de manches.

Le secrétaire ôta la sûreté de son arme, posa son doigt sur la détente et se plaça dos au mur, à côté de la porte de la chambre. Il expira plusieurs fois, longuement, pour se calmer, puis il pivota et enfonça la porte d'un coup de pied. Delavache, un vieil homme au visage sillonné de rides, mégot calciné au coin des lèvres, lui lança un regard stupéfait. Il tenait son fusil par le canon, crosse à terre.

– Ne bouge pas ! cria Leroy en le mettant en joue.

Sorgue se trouvait à la périphérie de son champ de vision. Assise contre le mur, elle tenait son sac rouge à deux mains tel un bouclier dérisoire. D'un bref coup d'œil, il s'assura qu'elle était indemne mais perçut dans son regard un incendie d'affolement, de rage et de frustration. Le contremaître remuait les doigts nerveusement sur son arme.

– Pose ton fusil à terre, lui dit doucement le secrétaire

Delavache, pétrifié, ne réagit pas. Il portait bien son nom avec son air bovin. Leroy avait affaire à un abruti, à qui on avait donné du pouvoir et des responsabilités, un abruti que la disgrâce rendait fou, mais peut-être y avait-il encore une chance de le ramener à la raison. Il n'avait pas l'intention de tuer ce dégénéré, ce qui lui apporterait une montagne d'emmerdements, mais il n'hésiterait pas, en cas de nécessité, parce qu'il n'avait aucune envie de mourir dans cette chambre d'hôtel minable.

– Lâche ton arme, insista-t-il en détachant les syllabes. Du calme. Tout va bien. Il ne s'est rien passé d'irréparable. Ta femme et tes enfants ont besoin de toi. Pense à tes gosses.

Quand le visage du contremaître se plissa d'amertume, Leroy comprit son erreur. Ce n'était pas une bonne idée de lui rappeler l'existence de sa progéniture qu'il était difficile de considérer comme l'honneur d'un homme.

– Ne fais pas de connerie, souffla-t-il, en voyant le contremaître se tendre.

D'un geste fulgurant, Delavache redressa son fusil au niveau de la hanche. Leroy appuya le premier sur la détente.

Rien.

Juste un déclic.

Son revolver d'ordonnance ? Enrayé ? Le secrétaire se jeta au sol alors que le fusil de chasse tonnait, les plombs frappant le mur au-dessus de sa tête. Le vieil homme était prompt et ses mains ne tremblaient pas. Il cassa le fusil pour réintroduire une cartouche apparue dans sa main par magie. Leroy bondit sur ses pieds. C'était maintenant qu'il fallait lui sauter dessus, la dernière chance avant de se prendre la chevrotine dans la gueule. Mais avant qu'il puisse agir, une détonation résonna dans ses oreilles et le contremaître, d'abord projeté contre le mur, s'effondra au sol.

Pendant une seconde, Leroy se demanda d'où provenait le tir. Puis il se tourna vers Sorgue qui tenait un pistolet entre ses mains. Sa respiration saccadée résonnait dans la chambre.

– Baissez votre arme ! lui ordonna-t-il.

Elle obtempéra, la déposant sur le parquet avec délicatesse. Leroy écarta le fusil du pied et s'approcha de la victime aux yeux grand ouverts. Dans la mort, le contremaître avait gardé son air obtus. Leroy avait l'impression qu'il continuait à se poser des questions à sa manière lente. La balle, entrée par le front, s'était logée dans le cerveau. Curieusement, il n'y avait presque pas de sang, juste ce trou dans le crâne d'où suintait de la dentelle rouge, hypnotique, qui s'agrandissait comme une toile sur la peau. Le contremaître ne se tourmenterait plus pour ses enfants.

Puis Leroy aida Sorgue à se relever et à s'asseoir sur le bord du lit à baldaquin. Lorsqu'ils avaient découvert les lieux, elle avait ri en voyant les immenses rideaux de velours qui lui rappelaient un mausolée, la console vernie, le miroir aux bords écaillés. Cette chambre ressemblait à celle d'une princesse d'un autre temps, incongrue et parfaite pour la révolutionnaire qu'elle était. Mais à cet instant, la citoyenne, avec ses mains tremblantes et son regard trouble, encore sous le choc de l'acte qu'elle venait d'accomplir, paraissait singulièrement défraîchie.

– Inspirez, lui conseilla-t-il. À fond. Maintenant, soufflez, doucement.

Il ne lui laissa pas beaucoup de temps pour récupérer car la situation pressait. Les gens rassemblés dehors s'étaient tus après les coups de feu. Le silence avait duré quelques instants et maintenant le brouhaha s'amplifiait. Ils s'interrogeaient, impatients de savoir ce qu'il s'était passé.

– Nous allons expliquer qu'il s'agissait d'une situation de légitime défense, dit Sorgue.

– Surtout pas ! s'opposa Leroy. Ils ne rateraient pas l'occasion de vous jeter en prison.

Il n'avait pas besoin de préciser de qui il parlait. Ils. Eux. Les flics. Les juges. Tous les rouages de l'ordre et du pouvoir.

– J'ai une meilleure idée. Écoutez-moi. Voilà ce que vous allez dire : Delavache a commencé à tirer dans la chambre, je suis entré et je me suis retrouvé dans l'obligation de l'abattre. Compris ? Tous les témoins rassemblés dehors ont entendu ses menaces à votre égard et l'ont vu tirer un coup de feu vers l'extérieur.

Leroy ramassa l'arme et l'essuya avec un pan de sa chemise. Depuis quelque temps déjà, on pouvait identifier quelqu'un grâce aux empreintes de ses doigts. On n'arrêtait pas le progrès dans la police. Il manipula le petit pistolet un moment. Personne ne pourrait trouver un autre dactylogramme que le sien.

– C'est vous qui allez avoir des ennuis, protesta-t-elle.

– Vous protéger fait partie de mon travail, dit Leroy. C'est pour ça que vous m'employez. Ne vous inquiétez pas pour moi, je m'en sortirai.

Il s'approcha des volets dont il repoussa les battants pour apparaître dans la lumière.

– Sorgue est sauve ! annonça-t-il.

Il y eut quelques applaudissements, mais pas beaucoup. Les gens auraient préféré un dénouement plus dramatique. Qu'elle fût tuée, la révolutionnaire, à deux pas de chez eux, en accomplissement d'un destin implacable. Ils en auraient parlé pendant des lustres.

CHAPITRE 4

Paris, 13 avril 1906

Le policier regardait avec dégoût Madeleine Pelletier, son pantalon, sa veste et son petit melon.

– C'est vulgaire de se travestir en place publique. Vous êtes quoi ? Une invertie ?

– Je me protège à ma manière, répondit-elle. En m'habillant ainsi, j'évite les ennuis.

Elle n'était pas fière de cette reddition, mais elle n'allait pas s'embarquer dans une démonstration sur le droit des femmes. Au moins, la phrase fit son effet. C'était un argument que le policier en face d'elle pouvait comprendre.

– Pas bête, dit-il, si vous aimez vous promener seule. Mais ce costume ne doit pas faire illusion longtemps. Vous feriez mieux de trouver un homme pour vous accompagner.

– Oh, vous n'imaginez pas le nombre de personnes que je dupe.

Il ne releva pas, fit semblant de s'étonner à la lecture de sa fiche :

– Vous êtes médecin ? Infirmière ne vous suffisait pas ?

Décidément, elle aurait droit à tous les clichés, mais elle avait l'habitude. À l'école de médecine, ses ambitions lui avaient rendu la vie difficile, car non seulement ses supérieurs lui mettaient des bâtons dans les roues mais les infirmières aussi, qui la méprisaient parce qu'elle se voulait l'égale des grands savants. Autant elles acceptaient les ordres provenant d'un homme, autant ceux d'une femme leur faisaient lever les yeux au ciel.

Mais la réponse intéressait peu ce policier dont le travail consistait surtout à chercher des informations sur la réunion politique. Avait-il été question d'agitation ? De soulèvement ? D'atteinte à la sûreté de l'État ? Avait-on évoqué des actions directes en lien avec le premier mai ? Des blocages ? Des bombes ? Griffuelhes ou Lévy avaient-ils tenu des propos inquiétants ?

Le pouvoir s'inquiétait parce que commençait à se répandre l'idée d'une grève générale. Des ouvriers parlaient volontiers de renversement du pouvoir et d'appropriation des moyens de production, des phrases qu'ils comprenaient à peine. Certains sortaient des cartes et désignaient les usines, les secteurs et les routes qu'il faudrait bloquer.

– La solidarité avec les mineurs de Courrières a été évoquée. Quant à moi, j'ai parlé du droit de vote des femmes.

Elle se retint d'évoquer le renversement des urnes. Il jeta deux ou trois mots sur le papier avant de poser sa plume.

– Vous avez été arrêtée en même temps qu'une jeune femme s'appelant Lucie Desroselles. Vous la connaissez ?

– C'est la première fois que je la voyais. Elle assistait à la réunion et elle est venue me parler ensuite.

– Vous connaissez la famille Desroselles ?

– De nom.

Difficile de prétendre le contraire. Qui ne connaissait pas le puissant Serge Desroselles, sa réussite florissante, son influence et ses ambitions politiques ? Le Tout-Paris était à ses pieds, et même au-delà, dans l'Europe entière et en Afrique !

– De quoi avez-vous parlé ?

– Pour tout vous dire, elle cherchait sa cousine, Jeanne, je crois, dont elle m'a montré le portrait.

– Et pourquoi s'est-elle adressée à vous ?

– Elle pensait que je pouvais la connaître parce que cette dernière me citait parfois. Je suis connue pour revendiquer de nouveaux droits pour les femmes. Ce sont des idées qui, d'après Lucie, intéressaient la disparue.

– Vous êtes bien sûre de n'avoir jamais rencontré Jeanne Desroselles ?

– Absolument certaine.

Le policier prit note et la renvoya dans le quartier des femmes où les putains, dans leurs habits souillés, s'étendaient les unes sur les autres. La mère de Pelletier aurait dit qu'on risquait d'attraper la vérole rien qu'en les regardant ! Peut-être aurait-elle ajouté que Madeleine était à sa place, dans les bas-fonds. Car, de la part de cette femme forte, droite et morale, acharnée au travail et à la prière, ne souffrant aucune exception aux règles qu'elle avait érigées au sein de son foyer pour elle-même et sa fille unique, Madeleine avait passé son enfance assommée de reproches et d'insultes. Et par une curieuse ironie du sort, elle s'était modelée à l'image de cette mère qui ne souriait jamais, dénuée d'humour, se hérissant à tout propos, austère, à la différence qu'elle mettait toute son énergie à soulager les souffrances d'autrui.

Plus tard, un policier bien de sa personne ordonna à Pelletier de sortir tandis que les putains la regardaient avec un mélange de convoitise et de détestation, jalouses que la travestie ait affaire à un aussi bel homme alors qu'elles, les malheureuses, se tapaient toujours les flics idiots ou les soûlards. Il la raccompagna à la porte du commissariat.

– On vous surveille, lui dit-il en la regardant partir.

– Je m'en doute ! maugréa-t-elle.

Tous les jours devant son cabinet de médecine, elle voyait passer un policier qui regardait par la fenêtre à la recherche d'une tête connue des services. Elle recevait fréquemment des visites de contrôle des autorités médicales. Les médecins ne la portaient pas dans leur cœur, elle qui remettait en cause l'ordre des choses.

Une voiture de luxe tirée par de magnifiques chevaux stationnait devant le commissariat. Ce n'était pas tous les jours que l'on voyait un tel carrosse. En se retournant, elle aperçut Lucie Desroselles, rouge de honte, qui se laissait guider par un militaire.

– Qu'est-ce qu'il vous a pris, Lucie ? lui demandait-il d'un air désolé. Nous étions morts d'inquiétude.

– Je cherchais Jeanne, tenta-t-elle de se justifier

– Vous auriez dû nous en parler. Nous vous aurions aidée. Mais quitter la maison sans avertir personne nous a rappelé de mauvais souvenirs. Montez dans la voiture, nous en parlerons en route. Vous croyez que nous n'avons pas fait le nécessaire pour retrouver ma sœur ?

– Pas du tout, Jacques, je..., protesta-t-elle en s'exécutant, mortifiée.

Madeleine Pelletier comprit que l'homme était le fils Desroselles. Il donna un ordre au cocher avant de monter dans la voiture à son tour. Elle l'observa un peu mieux. Mince, musclé, en bonne forme physique, il aurait été joli garçon s'il n'avait pas été borgne. Sur son œil mort, sa paupière était ouverte, légèrement irrégulière, immobile, abîmée par une blessure ancienne.

Avec sa robe enfantine, son col empesé et son chapeau de bonne qui la déguisait, la jeune femme à l'air abattu faisait pitié à Pelletier qui pensa ne jamais la revoir. Peut-être n'était-ce pas plus mal car elle n'avait pas dit toute la vérité, ni au policier, ni à Lucie.

CHAPITRE 5

Paris, 13 avril 1906

Le patron au visage recuit avait convoqué François dans son bureau. Il ne fallait pas finauder avec cet homme connu pour sa dureté sous peine de se retrouver foutu à la porte à coups de pied dans le cul. Sous la chaise se tapissait Grégoire, un molosse à poil ras couleur fauve, dont les dents luisaient sur des gencives roses et noires. Il avait l'air assommé par la chaleur de l'atelier mais le jeune ouvrier s'en méfiait. Au premier claquement de doigts, le chien lui sauterait à la gorge. À quoi bon payer du personnel de surveillance quand un pareil clébard vous secondait ? Une fois Grégoire libéré la nuit dans l'atelier, le patron pouvait dormir sur ses deux oreilles. D'ailleurs c'était étrange de voir l'homme et le chien se ressembler autant, à force de vivre ensemble peut-être finissaient-ils par ne faire qu'un. François se dit qu'en arborant une gueule plissée et sournoise, il pourrait imiter l'un ou l'autre sans qu'on puisse les distinguer.

Il travaillait depuis plus d'un an dans cet atelier de ferronnerie d'art, comme l'indiquait la devanture, mais en réalité il s'agissait surtout de fabriquer des pièces pour le bâtiment, des gardes-corps, des grilles, rien d'artistiquement ouvragé, du travail basique auquel pouvait s'atteler n'importe quel apprenti. Les gens qui n'y connaissaient rien trouvaient cela beau.

François avait juré de ne pas revenir à l'atelier le temps que la grève durerait, mais, parfois, il reniait sa promesse car il avait besoin d'argent pour montrer à Suzanne qu'il s'inquiétait de leur foyer. Il existait un principe de réalité. Les preuves d'amour passaient par les achats d'un couple. Suzanne avait été folle de joie quand, après des mois d'économie, ils avaient acquis un bois de lit. Cela voulait dire quelque chose. C'était un symbole de leur union. Mais ils étaient jeunes à l'époque. Il s'agissait d'un autre temps. Il avait l'impression de ne plus connaître l'homme ayant fait cet achat, ni la personne que Suzanne était devenue.

– Tu étais où ? demanda le patron. Tu reviens, tu repars, un jour tu es là, l'autre tu fais grève. Impossible de compter sur toi. J'appelle ça une planche pourrie.

À chacun de ses mots, il enfonçait son index sur la table.

– Je travaille bien ! Des ateliers qu'auront besoin de moi, il y en a mille dans Paris !

– Alors qu'est-ce que tu attends ? Dégage, François. Va montrer ta gueule ailleurs. J'aurai pas de mal à te remplacer. Des gars viennent frapper à ma porte tous les jours.

– Donne-moi mon solde !

– Je vois pas de quoi tu parles, rétorqua-t-il.

Le mensonge éhonté mit François dans tous ses états. Il aurait dû s'être endurci depuis le temps, mais rien à faire. La mauvaise foi le désemparait toujours autant.

– Tu me dois des heures ! protesta-t-il en pinçant les lèvres. Je sais compter, moi !

– Rien du tout ! Je t'ai mis à l'amende pour tes absences.

Le patron clappa une fois. Grégoire se dressa sur ses pattes, les yeux rouges de sommeil, la gueule ruisselant de bave, un grondement sourd au fond de la gorge.

– Je repasserai, dit François d'une voix faible.

Son chef ricana comme s'il n'avait jamais rien entendu de plus con. Une fois hors du bureau, l'ouvrier traversa la forge où une douzaine d'hommes en tablier couraient du feu jusqu'à l'eau dans la vapeur brûlante. Le vieil Hippolyte lui fit signe. Il n'avait plus un poil sur le caillou et ses dents se tiraient les unes après les autres, laissant place à une chaussée de gencives aussi noires que celles du chien.

– Il refuse de me payer ce qu'il me doit, ce salaud !

François en avait presque les larmes aux yeux en désignant le bureau du patron.

– Du calme, mon gars. Ça va s'arranger.

Il aurait bien voulu y croire. C'était ce qu'on racontait depuis toujours mais la réalité était différente : les choses empiraient sans qu'on puisse y remédier. Dégoûté, il secoua la tête et tourna le dos au vieil homme.

Les portes de l'atelier restaient ouvertes à cause de la chaleur et les enfants qui passaient, fascinés par les flammes, s'arrêtaient contempler les travailleurs. Les habitués traînaient là, dans la rue, les commerçants en promotion de leur marchandise, les ouvriers assis à même le trottoir, en train de s'imbiber, car des petits malins suivaient les chantiers pour ouvrir des buvettes. Certains le connaissaient et peut-être s'attendaient-ils à ce qu'il fasse son numéro mais il n'avait pas le cœur à ça.

Il se dirigea vers le quartier de Charonne. Il n'y avait plus de trottoir, plus d'éclairage, plus d'eau courante, rien que des maisons serrées les unes contre les autres, branlantes, en ruine, et plus loin les cabanes en bois dotées d'un toit de tôle, occupées par les vagabonds, les clochards, tous les déchets de la société. Debout, la nuit, à sa fenêtre, il aimait écouter le bruit de la pluie sur la tôle, après avoir fait l'amour avec Suzanne les soirs où elle en avait envie.

– Salut François ! lui lança une fille appuyée contre un mur.

Elle frottait légèrement son dos sur les pierres pour soulager une démangeaison. Sa robe, pas entièrement boutonnée, dévoilait des formes qu'elle vendait un petit prix et, en plus, elle faisait bien semblant. Sa mère, qui s'occupait de gérer ce petit commerce, était souvent assise sur un banc de pierre à côté d'elle, mais pas ce jour-là.

– Viens, je te fais un rabais.

– Si la vieille l'apprenait, elle serait folle.

– Justement, c'est le moment, souffla-t-elle.

Il modifia quelques traits de son visage et prit l'air offusqué de la maquerelle à qui de l'argent échappait. L'imitation, parfaite, fit rire la fille.

– J'ai vu Albert, lui dit-elle. Il passe me voir de temps en temps.

– N'oublie pas de le faire payer.

– Je l'aime bien depuis le jour où il a pourchassé Simon Metz avec son marteau.

François ne dit rien. Le souvenir de la scène le glaçait.

– C'est vrai que Metz est mort, à Courrières ?

– Oui, mais pas lors de l'explosion. Quelqu'un lui a tiré une balle dans le dos.

– Il a eu ce qu'il méritait, dit la fille. Il me faisait des misères. Tout le monde le détestait. Quel soulagement, le jour où il a quitté le quartier !

Son visage s'était rembruni tel un vilain nuage cachant le soleil.

– Suzanne est rentrée ? demanda François pour parler d'autre chose.

– Elle s'est endormie devant la maison. J'ai voulu l'aider à rentrer mais elle m'a engueulée. Alors, tu vois...

Il hocha la tête et poursuivit son chemin jusque chez lui. Devant la porte, Suzanne était couchée de tout son long. Il pensa qu'elle était morte mais, en s'approchant, il vit sa poitrine se soulever et en éprouva une vague déception. C'est juste qu'elle était cuite. L'odeur de vin en témoignait. Elle s'engloutissait dans l'alcool et un jour elle allait se noyer, comme ça, d'un coup, il ne resterait plus rien d'elle.

– Réveille-toi, Suz'. Tu es saoule ?

Elle se posta sur son coude, hagarde, les paupières collées.

– Je n'ai pas bu tant que ça, dit-elle d'une voix pâteuse. J'en peux plus. Laisse-moi dormir.

Il savait bien pourquoi elle était fatiguée. Il souleva sa robe et inspecta l'intérieur des cuisses. Ce qu'il vit lui fit mal. C'était de sa faute, il n'avait qu'à pas regarder. Les gens s'accommodent facilement de ce qu'ils ignorent.

– Qu'est-ce que tu fais ? demanda-t-elle.

Il ne lui répondit pas et elle ne reposa pas la question. Peut-être avait-elle oublié ce qui venait de se passer. Il la souleva et la soutint en passant son bras par-dessus son épaule. Elle râla un peu au début, à cause du dérangement, mais bientôt elle ne dit plus rien, elle marchait en dormant et, dans leur masure absolument épouvantable, le lit l'accueillit de tout son bois.

CHAPITRE 6

Roquefort, 13 avril 1906

Leroy arborait le calme d'un homme qui n'avait rien à se reprocher pendant que le capitaine de gendarmerie examinait ses papiers. À croire qu'il ne savait pas bien lire car son doigt soulignait les mots, s'arrêtait, revenait en arrière. Il relisait pour être sûr de bien comprendre. Puis l'illumination lorsqu'une connexion se produisit.

– Ce Leroy, c'est un de tes conscrits, Dubosc ! dit-il à son subordonné en lui tendant le certificat militaire.

Le jeune officier étudia les papiers à son tour.

– On aurait passé une année ensemble à Limoges ! s'exclama-t-il. Je connaissais bien un autre Leroy, mais ce gars travaillait dans la menuiserie.

Il regarda le secrétaire de Sorgue comme s'il pouvait le percer à jour en mettant de l'intensité dans son regard. Cela produisait peut-être un effet sur les gamins mais Leroy en avait vu d'autres.

– Moi non plus, je ne me souviens pas de vous, lâcha-t-il.

– Remarquez, nous étions nombreux à la caserne et souvent partis en garnison dans les quatre coins de la France, médita le jeune officier. Difficile de connaître tout le monde. Et puis les Leroy, ça ne manque pas dans le pays. Je crois bien en connaître trois ou quatre qui n'ont aucun lien de parenté. Ah, Limoges ! Le capitaine Barbu, vous vous rappelez ? Nous avions intérêt à filer doux ! Et ces deux sergents, leurs noms m'échappent ! Ils se ressemblaient au point qu'on les prenait pour des jumeaux. Attendez... oui ! L'un d'entre eux s'appelait Fabre, je crois.

Leroy n'avait pas l'air convaincu mais le capitaine coupa court à la nostalgie. Les souvenirs de troupe conduisaient à des récits interminables dont il était impossible de se dépêtrer.

– Vous avez d'excellents états de service, admit-il. C'est un bon point pour vous. Que faites-vous pour madame Durand ?

– Je travaille pour la citoyenne en tant que secrétaire. Je rédige son courrier, surtout le penchant administratif.

– Je connais Madame Durand de réputation puisqu'elle est originaire du Rouergue. C'est une célébrité locale. Les patrons des caves nous ont appris que ses idées l'avaient conduite à sa propre ruine. Vous confirmez ?

Leroy resta silencieux.

– Sous couvert de journalisme, Madame Durand se comporte en agitatrice itinérante qui cherche à plonger le pays dans la grève. Que ses idées se retournent contre elle me paraît assez cocasse. Mais revenons à notre affaire. Vous êtes juste le secrétaire de Sorgue, vraiment ?

– J'assure également sa sécurité, avoua Leroy. Ses positions ne plaisent pas à tout le monde. J'ai dû la défendre plusieurs fois contre des individus qui voulaient s'en prendre à elle physiquement.

– Et le meurtre fait partie de vos missions ?

– Pardon ? s'indigna Leroy. Le contremaître voulait abattre la citoyenne. Il a tiré en direction de la foule. Si vous cherchez bien, vous trouverez des dizaines de témoins. Il a également essayé de me tuer alors que je venais parlementer. Vous avez vu les trous de chevrotine à deux endroits dans le mur ? J'ai répliqué pour sauver ma vie.

– D'où tenez-vous cette science de l'intervention armée ?

– Science, c'est beaucoup dire. Vous venez de lire mes papiers ! Mes deux ans d'instruction militaire m'ont servi, voilà tout !

– Et vous choisissez de porter un petit pistolet. C'est un miracle de viser juste avec ça. Soit la chance vous accompagne, soit vous êtes doué.

Le capitaine sentait que quelque chose ne collait pas dans cette histoire. Il était peut-être plus malin qu'il n'y paraissait. Leroy devait se montrer prudent.

– Parlez-moi de vos rapports avec le contremaître. Comment en êtes-vous arrivés là ?

– J'ai découvert son existence lorsque les ouvrières

ont établi leur longue liste de griefs à l'encontre des Sociétés des caves de Roquefort. Son nom est venu tout de suite sur le tapis. Elles ont raconté ce qu'il leur faisait, dans le secret des caves. Certaines s'étaient confiées aux sœurs, d'autres en avaient parlé en confession. Qu'ont-elles eu comme réponse ? De faire pénitence, de répéter des prières à longueur de journée car si ces problèmes leur arrivaient, c'était sans doute de leur responsabilité.

Leroy se retint d'ajouter que les gendarmes n'avaient jamais voulu prendre de plainte. Les filles lui avaient rapporté les propos du capitaine. Quand elles avaient voulu dénoncer le contremaître, il avait ri en disant que c'était une marque de tendresse de flatter le cul des vaches.

Il n'insista pas non plus sur la haine qu'elles éprouvaient à l'égard de leur chefaillon. De par son rôle, il agissait comme une courroie de transmission des directives patronales et avait le pouvoir de rayer le nom d'une employée d'un trait de plume. Il y en aurait toujours, des filles de la campagne, pour remplacer les indociles. Les ouvrières, hors d'elles, avaient craché leur venin. Delavache avait la famille qu'il méritait, une femme qui occupait un emploi de lingère et deux enfants arriérés mentaux avec des têtes grosses comme des citrouilles dont même l'instituteur ne voulait pas. Les ouvrières, vachardes sur le coup, ricanaient de sa semence pourrie, assurant qu'il aurait mieux valu enfermer les mômes dans un sac et les noyer tels des chatons, ces pauvres diables, plutôt que de les laisser vivre.

– Cet homme nous a agressés à plusieurs reprises, reprit Leroy. Dès le premier soir, nous avons été réveillés par des cris de singe, des insultes et des menaces. Sorgue s'est fait traiter de putain rouge et de caniveau séminal. C'était des voix de jeunes enfants qui nous souhaitaient la bienvenue au pays ! J'ai réussi à en attraper un que j'ai ramené chez ses parents. Le contremaître lui avait donné la pièce pour faire peur à Sorgue. L'information est remontée aux oreilles des patrons et c'est à partir de là que sa position est devenue inconfortable.

– Delavache a subi une agression, lui aussi. Il a reçu des pierres en pleine tête. Et vous étiez présent, ainsi que la citoyenne.

– Sorgue venait de diriger une réunion devant plus de six cents ouvrières. Quand les filles sont sorties de la salle, elles n'en ont pas cru leurs yeux car le contremaître, qui passait juste à ce moment-là, les a insultées en utilisant mot pour mot les expressions dégueulasses des gamins de la nuit précédente. Les filles se sont révoltées.

– Qui a lancé les pierres ?

– Aucune idée ! dit Leroy, l'air désolé. Mais le contremaître s'est éloigné en proférant d'autres menaces à l'encontre de Sorgue.

Il s'était déjà interrogé sur cette provocation. Delavache savait-il que, dans les caves, ses jours étaient comptés, ou cet abruti, tellement sûr de sa position, pensait bénéficier du soutien indéfectible de ses chefs ? Ces derniers devenaient de plus en plus fébriles à mesure que les jours défilaient car la survie économique des caves était en péril. Sans main-d'œuvre, les dégâts sur la production seraient devenus irrévocables et si une chose était certaine, c'est que les actionnaires n'allaient pas laisser leurs bénéfices pourrir à l'instar de leurs fromages. Et puis il se murmurait que la préfecture avait envoyé un émissaire faire pression pour un retour à l'ordre. Les autorités ne voulaient pas que le mouvement s'étende dans le Rouergue. La peur de la jacquerie était toujours présente, ancrée dans la tête des beaux messieurs. Et d'un point de vue électoral, il aurait été mal vu de tirer dans une foule de bonnes filles catholiques.

Le contremaître n'était qu'un petit élément d'un calcul plus vaste. Les patrons s'étaient dit qu'en le renvoyant, les ouvrières seraient moins exigeantes sur d'autres points. C'était aussi un moyen d'affirmer que personne n'était indispensable. Lorsque Delavache avait compris qu'il allait sauter, c'était trop tard. Depuis le début de la grève, il avait travaillé sans relâche dans la cave pour sauver la production, retournant toutes les meules, une à une, plusieurs fois par jour, avec une équipe de paysannes recrutées en catastrophe, afin de les empêcher de pourrir. Il ne tenait plus debout de fatigue et, comme récompense, il se retrouvait mis à pied. Cette trahison l'avait rendu fou, ça et les chants de victoire beuglés par les ouvrières sous les fenêtres de la fromagerie.

Le policier poussa devant Leroy le petit pistolet de Sorgue, celui qui avait servi à tuer le contremaître.

– Reconnaissez-vous cette arme ?

– C'est la mienne.

– Celle avec laquelle vous avez abattu le contremaître ?

– Oui.

– D'où vient-elle ?

– Je l'ai achetée sur un marché parisien où un vieux Juif en vendait à la pelle. Il faisait des lots. La moitié de ses armes ne fonctionnaient pas, mais je n'ai jamais eu de problème avec celle-ci. Je m'en suis beaucoup servi pour l'entraînement.

– Et l'autre ?

Il s'agissait du revolver d'ordonnance, modèle 1892, l'arme la plus répandue en France, mais pas la plus fiable car elle avait failli lui coûter la vie.

– Elle m'appartient également mais elle ne fonctionne pas.

– Dans ce cas, pourquoi la portez-vous ?

– En tant qu'arme de dissuasion, répondit Leroy, j'ouvre ma veste, je montre le fourreau et en général, ça suffit à renvoyer un petit malin à la niche.

Le capitaine prit des notes.

– Je vous place en détention et je transmets votre dossier au juge, conclut-il. Ne vous attendez pas à des miracles. Il a beau se dire indépendant, il a toujours clamé sa haine des rouges.

CHAPITRE 7

Paris, 13 avril 1906

Une fois Lucie de retour au domaine, son oncle appela le médecin de famille, le docteur Lassalle, un homme élégant, aux cheveux argentés, vêtu d'un costume noir sur une chemise blanche impeccable, au col et aux manches immaculés, pour procéder à une visite de contrôle. Une nuit commencée chez les prolétaires et terminée en prison pouvait laisser des traces. Il lui posa des questions intimes sur un ton de parfaite neutralité et voulut ensuite approfondir l'examen. Elle prit la position habituelle, allongée sur le dos, les jambes écartées, tandis que l'homme dont elle voyait juste le sommet du crâne l'examinait à la recherche de contusions ou de tout autre indice révélant qu'elle avait perdu sa virginité. Quand il se releva, il adressa à Lucie un sourire qui la troubla. Qu'est-ce qu'il devinait d'elle à travers cette intrusion ? Que savait-il de sale qu'elle-même ignorait ?

– Vous êtes toujours intacte, Lucie, bravo ! Quel soulagement pour Serge ! Il n'aurait pas aimé devoir rendre des comptes à votre père. À votre âge, la virginité est le bien le plus précieux. C'est votre petit capital.

Tandis qu'il descendait faire son rapport à Desroselles, Lucie se leva de son fauteuil molletonné pour se diriger vers la fenêtre de sa chambre qui offrait une vue sur les jardins à la française. Un aréopage de jardiniers s'occupait de ces haies et de ces cheminements taillés au cordeau.

L'hôtel particulier des Desroselles, de style Second Empire, se dressait à côté du parc Monceau. Dans le corps principal du bâtiment tout en pierres de taille, colonnes et reliefs, se succédaient sur trois étages les appartements privés et les grands bureaux accueillant le siège social des entreprises chimiques de monsieur Desroselles. Plus loin s'étalaient les dépendances composées des écuries pouvant contenir jusqu'à vingt chevaux, du chenil et des loges pour les domestiques. Au fond, le palefrenier tenait un cheval par le licol et le menait dans une allée pour l'exercice.

– Monsieur Desroselles vous demande, Lucie, dit la bonne à travers la porte.

Dans l'escalier de marbre qui menait au salon, étaient accrochées sur les murs les photographies immortalisant la famille : le mariage des parents ; les enfants aux différents âges de leur vie ; Jeanne, bien sûr, coiffée comme une poupée, les cheveux plaqués sur le crâne cascadant en longues boucles blondes dans son dos, radieuse en chemisier blanc boutonné au col et portant autour du cou un double ruban savamment agencé ; son frère Jacques, le plus souvent vêtu d'un habit militaire, qui, au fil des portraits, voyait ses traits et sa carrure s'affirmer, et dont la ressemblance avec son père était frappante, à la différence que le jeune homme portait sous la paupière gauche un œil de verre, une infirmité qu'il dissimulait sur les photographies en posant toujours de trois quarts.

Dans le petit salon, tous les membres de la famille affichaient un visage grave. On eût dit la réunion d'un conseil d'administration où les décisions étaient jouées à l'avance. Son oncle avait la réputation de prendre des décisions rapides. Le temps était précieux pour les grands de ce monde. En cinq minutes, la messe serait dite. Chez Serge Desroselles, rien ne dépassait : ni ses cheveux coupés très court ni la fine moustache ; son costume coûteux provenait du meilleur tailleur de Paris. À côté de lui, sa femme, engoncée dans ses vêtements gris, le visage sec et fermé, les yeux noirs d'angoisse. Elle regardait sa nièce avec réprobation, la voyant telle qu'elle était vraiment : une source de tracas. Quant à Jacques, vêtu de son uniforme militaire, il se tenait droit sur sa chaise, à l'image de son père. Lucie fut surprise qu'il lui adresse un discret signe de la main.

– Expliquez-vous, maintenant, Lucie, lui lança Serge Desroselles, glacial. Nous avons eu très peur pour vous. Heureusement, un ami du commissariat m'a téléphoné. Que vous est-il passé par la tête ?

– Je me promenais dans Paris quand la police m'a arrêtée sans raison.

– Vous vous promeniez de nuit ?

– Je voulais assister à une réunion politique, avoua-t-elle. Je me suis dit qu'en me mettant à la place de Jeanne, je pourrais comprendre ce qu'il lui est arrivé. J'essaie de la retrouver.

Serge Desroselles ne montra aucune surprise puisque la police lui avait déjà fait son rapport.

– C'est très aimable de votre part, Lucie. Je comprends votre désarroi par rapport à notre fille, nous somme tous effondrés par sa disparition. Mais pourquoi pensiez-vous avoir plus de succès que la police ?

– J'avais juste besoin de faire quelque chose, pour elle.

– Nous avons accompli tout ce qui était en notre pouvoir, dit Serge Desroselles. J'ai signalé sa disparition au commissariat du 8ème arrondissement. J'ai fait intervenir mes relations à la préfecture de police de Paris. Aucun résultat probant. Les policiers ont soi-disant des indicateurs partout et malgré cela, personne n'a la moindre idée de ce qui est arrivé à notre fille. Dernièrement, la police m'a fait comprendre que l'enquête à propos de Jeanne était suspendue. Vu la situation sociale inquiétante dans le pays, la disparition d'une jeune femme se retrouve reléguée en bas de pile. J'ai même eu droit au couplet comme quoi tout un chacun a le droit de recommencer sa vie à zéro. Lamentable !

Lucie connaissait les rumeurs, qu'elle avait entendues au sein de sa propre famille. Jeanne aimait les rêves romantiques de révolution et se compromettait avec des ouvriers. Jeanne s'était enfuie à l'étranger avec un amant. Ou alors, elle avait été enlevée et expédiée à Tatahouine, dans un bordel militaire. La traite des Blanches faisait encore la une des journaux. Mais globalement, la tragédie tenait plus la corde que l'échappée romantique.

– J'aimais beaucoup Jeanne.

– J'en suis sûr. Mais vous ignorez peut-être qu'elle avait beaucoup changé, ces derniers temps. Vous ne l'auriez pas reconnue. Elle nous était devenue étrangère, hostile.

Lucie baissa la tête, troublée. Elle avait longtemps correspondu avec sa cousine, mais peu à peu, les deux jeunes femmes n'ayant plus grand-chose à se dire, les lettres s'étaient espacées. Elles n'appartenaient plus au même monde et le lien les unissant s'était irrémédiablement défait. À part dans sa dernière missive, plus personnelle, où Jeanne faisait volontiers l'éloge du docteur Madeleine Pelletier, une femme dont les paroles la touchaient directement au cœur, un modèle d'engagement et d'intelligence, qui pourrait l'aider.

– En tout cas, Lucie, je vous recommande la plus grande prudence. Quand vous sortirez du domaine, vous serez accompagnée. Par un domestique, par exemple. Nous pouvons même embaucher une dame de compagnie.

– Je suis désolée, mon oncle, mais cette proposition ne me convient pas.

– Pardon ?

– Je n'ai pas besoin d'un chaperon. Mon père ne m'a pas élevée de cette manière. Il aime à dire que je suis une jeune femme indépendante. Je compte bien continuer à me promener seule dans Paris et à en découvrir les charmes.

Il y eut un instant de silence. Ce n'était pas tous les jours que l'on s'opposait à Serge Desroselles.

– Faites donc, Lucie, lâcha-t-il, contrarié. J'en parlerai avec votre père. J'espère seulement qu'il ne vous arrivera pas malheur. Et si des fois vous obteniez de nouvelles informations, faites-les-nous savoir.

Son ton était sarcastique. Une fois gratté le vernis des convenances, transparaissait chez cet homme un mépris absolu.

CHAPITRE 8

Roquefort, 15 avril 1906

En cellule, Leroy apprit de nouvelles informations sur le contremaître. Les habitués des jours-amendes s'étaient fait un plaisir de bavasser. Plusieurs fois, Delavache avait eu affaire à la justice car des conflits avec certains habitants du village s'éternisaient. Le point sensible concernait ses enfants, les deux débiles. Susceptible à ce sujet, il avait déjà proféré des menaces à l'encontre des moqueurs. Pire, il lui était arrivé de pointer son fusil sur des habitants de Roquefort. L'homme souffrait d'une sale réputation, ce qui était un bon point pour le secrétaire.

Son audition avec le juge, deux jours plus tôt, s'était bien passée. L'homme, qui n'était pas un père la morale classique, l'avait écouté avec attention. Leroy avait eu l'impression qu'il comprenait la situation. Les témoignages du patron de l'hôtel et des clients pesaient dans la balance et Delavache avait commis l'erreur de faire un foin pas possible à la fromagerie, le jour de sa mise à pied. Aux gardiens qui l'avaient emmené dehors de force, il avait adressé des menaces de mort. La question de sa santé mentale se posait.

Le capitaine de gendarmerie qui ouvrit la porte de la cellule avait l'air sonné.

– Vous êtes libre, Leroy. Ordonnance de non lieu.

Le secrétaire se leva, sans sourire, sans en rajouter. Ce n'était pas la peine de verser dans la provocation. Le non-lieu était total, avec restitution des objets placés sous la main de la justice. Leroy récupéra les armes et ses différentes possessions.

Le secrétaire lisait les pensées du gendarme à livre ouvert. Il l'avait mauvaise car il ne s'attendait pas à une telle décision de la part du magistrat qui laissait passer l'occasion de coller un rouge au trou pour meurtre. Il était temps qu'il prenne sa retraite, le vieux juge.

Une fois sorti des murs de la gendarmerie, Leroy apprécia d'être un homme libre. Les rues du village bruissaient de l'agitation habituelle. L'activité avait repris et les ouvrières de quart, en tabliers de grosse toile, s'agitaient devant les caves, déchargeant les boîtes et les paniers des charrettes d'artisans pour l'expédition des colis de fromage. Les filles étaient retournées à leurs croix de Jésus et à leurs médaillons de saints protecteurs, comme si la lutte avait été un rêve qui se dissipait. Les cris des contremaîtres les houspillant résonnaient devant les compagnies ; c'était leur manière de les encourager.

De retour à l'hôtel, il frappa à la porte de la nouvelle

chambre de Sorgue en prenant soin de s'annoncer, entendit les pas de la citoyenne, le meuble que l'on déplaçait, le verrou qui tournait, deux coups secs.

Elle apparut sur le palier, les yeux creusés, stupéfaite de le voir parce qu'elle ne s'attendait pas à cette libération. Quelque chose lui échappait, à elle aussi. Elle le fit entrer dans sa chambre plongée dans l'obscurité, les volets fermés, l'air irrespirable, et referma la porte derrière elle.

– Tu es libre ? Comment est-ce possible ?

– Le juge a ordonné un non-lieu. Je suis le premier surpris car je m'attendais à croupir en prison jusqu'au procès. Mais le contremaître traînait un certain nombre de casseroles. Et je pense que le juge était de notre côté, même s'il n'a rien laissé voir lors de l'audition.

– Comment s'appelle-t-il ?

Il lui donna son nom. Elle ne savait plus quoi penser car elle en avait déjà entendu parler mais pas de manière positive. S'il avait des accointances avec les rouges, il avait bien caché son jeu. Elle se renseignerait auprès de ses amis.

– Et vous ? Comment s'est passé votre interrogatoire ? lui demanda-t-il.

– Les gendarmes ont essayé de me prendre en défaut en me posant plusieurs fois les mêmes questions. Ils cherchaient à me faire avouer une forme de culpabilité dans le sens où notre attitude à l'égard du contremaître l'avait poussé à bout, déclenchant le drame. Ils voulaient également incriminer certaines ouvrières en bisbille avec lui, particulièrement celles qui avaient subi ses gestes déplacés. Et puis ils m'ont posé beaucoup de questions sur l'arme. Que ce petit pistolet fût à toi semblait les troubler.

– À leurs yeux, un browning de fabrication belge manque de virilité.

– Il était bien suffisant pour tuer un homme.

– Je l'ai récupéré.

– Je n'en veux pas. Tu peux le garder.

– Vous avez besoin d'une arme, citoyenne. On ne sait jamais.

Elle soupira, prit le pistolet qu'il lui tendait et le remit dans son sac. C'était la seule arme qu'il avait jamais vue en sa possession.

– Vous vous remettez ?

– Mieux que je ne le pensais, répondit-elle, bravache. J'espère en revanche ne pas prendre goût au meurtre.

Il garda pour lui qu'il avait déjà tué des êtres humains et qu'il rêvait encore de certains actes commis autrefois, de visages épouvantés, de supplications. Ça ne le quittait pas, profondément ancré en lui, malsain, visqueux, impossible à effacer.

– En tout cas, c'était un joli tir !

– Pour être honnête, j'ai visé la poitrine, répondit-elle en le regardant bizarrement, peu disposée à faire de l'humour.

– C'est ce que je vous ai appris. Vous avez bien fait.

Il se rappela les leçons qu'il lui avait données au domaine, les hurlements sauvages qu'elle poussait en pressant la détente. Dans ses moments d'exaltation, elle jurait de se battre jusqu'à la mort.

– Quels sont vos projets, lui demanda-t-il.

– Nous devons retourner au domaine pour régler les détails de la vente. J'ai aussi envie de marcher une dernière fois sur le plateau.

En parlant du domaine familial, sa voix s'était fêlée. Depuis la mort de son père, Sorgue avait repris les affaires agricoles mais sa gestion calamiteuse l'avait menée au bord de la ruine et, devenue la risée de tous les nobliaux du coin, elle n'avait eu d'autre solution que de mettre le domaine en vente. Un voisin, trop heureux de l'aubaine, s'était porté acheteur. Elle le détestait mais ne pouvait pas se permettre de refuser.

– Et puis, j'ai reçu un courrier de Pierre Monatte, ajouta-t-elle. Il bat le rappel pour Courrières car il a besoin de tout le monde pour galvaniser les troupes. La grève se durcit au point que la région risque de basculer dans la guerre civile. Un phénomène de contagion commence à se produire. Le mouvement de protestation prend dans tout le pays. On l'a bien vu au cours de notre périple. D'ailleurs, j'ai appris une mauvaise nouvelle. Quand nous avons quitté Perpignan, le syndicat des terrassiers était en position de force. Figure-toi que la police a arrêté tous les membres actifs du bureau directeur, alors que leur identité était tenue secrète. Des agents devaient les suivre à la trace.

– Je n'ai pas remarqué de filature.

– Ils sont partout, dit-elle sur un ton cassant. Des

meneurs subissent des accidents bizarres. Des colis de tracts n'arrivent jamais à destination. Ils nous surveillent. Mais je ne vais pas me laisser décourager. Dès la vente du domaine liquidée, je retourne dans le bassin minier.

À cette idée, Leroy frissonna.

– La police ne recule devant rien, concéda-t-il. Surtout pas la manipulation d'un fait divers. Tenez, à Courrières, le 20 mars, un mineur s'est fait assassiner et les pouvoirs publics essaient de mettre la responsabilité sur le dos des grévistes. Les journaux suivent cette histoire avec attention.

– De qui parles-tu ?

– Vous vous rappelez, Simon Metz, le mineur abattu d'une balle dans le dos !

Elle ne répondit pas tout de suite. Peut-être grattait-elle dans sa mémoire, à la recherche du souvenir.

– Il s'agissait d'une histoire de jalousie, non ?

– La police a retrouvé un couteau ensanglanté à côté de Simon Metz, mais son corps n'avait subi aucune blessure à l'arme blanche. Le journaliste pensait que la victime avait réussi à blesser son bourreau. En enquêtant, les policiers ont arrêté un suspect qui portait une cicatrice toute fraîche à la main, un autre mineur en bisbille avec lui car Simon Metz aurait tourné autour de sa fille. La jalousie constitue un merveilleux motif pour un policier. Eh bien figurez-vous que d'après le rapport du médecin légiste, la blessure ne correspondait pas au couteau retrouvé.

– Encore une belle réussite, à la française ! Ont-ils d'autres suspects ?

– L'article n'en parle pas. Surtout, au lieu de relater les faits de grève, ce journal oriente la couverture de la situation de Courrières sur ce fait divers.

Sorgue lui prit le journal des mains et lut l'article avec avidité. Elle avait ses lubies. Les faits divers la passionnaient. Elle découpait parfois des articles de journaux qu'elle gardait dans un dossier.

– Tu sais ce qu'on raconte, ajouta-t-elle, une balle dans le dos, c'est signé.

La plaisanterie avait couru au sein des grévistes. Une balle dans le dos ? Ce n'était pas la peine de chercher bien loin. Le coupable ne pouvait être qu'un flic ! Mais était-ce vraiment une plaisanterie quand elle était proférée sur un ton indigné ? Et à force de la répéter, cette blague, on y croyait dur comme fer.

CHAPITRE 9

Paris, 15 avril 1906

Lucie appréciait le luxe de la salle de bain des Desroselles, les mosaïques sur les murs, l'immense baignoire en fonte dans laquelle elle pouvait se plonger tout entière et le système venu d'Angleterre qui amenait l'eau chaude en tournant simplement un robinet. La vapeur s'élevant dans la pièce embuait les miroirs. Elle pouvait se détendre dans l'eau et profiter des sels, des onguents, du savon, de toutes ces choses qui avaient appartenu à Jeanne, dont sa cousine raffolait et qu'elle avait subitement abandonnées. Lucie pensa qu'il serait difficile, pour elle, de renoncer au confort.

Elle laissait aller sa tête en arrière, les cheveux trempant dans l'eau, quand elle entendit un grincement, le bruit d'un pas sur le parquet. Elle se redressa et regarda autour d'elle. Il n'y avait personne dans la salle de bain, du reste elle avait pris soin de pousser le verrou de la porte. Elle sortit de la baignoire et enfila sans se sécher une robe de nuit dont le tissu, lui collant à la peau, ne cachait rien de son corps. Le grincement se répéta. Il ne provenait pas de la salle de bain mais de l'extérieur. Elle avança sur la pointe des pieds, laissant des marques sombres sur le parquet, ôta le loquet et poussa la porte d'un coup. Le grand couloir était vide.

Son regard tomba sur le trou de la serrure, assez grand pour qu'on puisse y coller son œil. Elle tenta l'expérience et en fut confondue, voyant l'intérieur de la salle de bain à la perfection. Il suffisait de se baisser pour profiter du spectacle. Elle imagina son cousin Jacques procéder ainsi pour la voir nue, et rire d'elle, ou s'émouvoir, qu'en savait-elle ? Puis une image violente la traversa : une aiguille à tricoter qui s'enfonçait dans le trou. Le voyeur en serait bien puni. Elle posa une main devant sa bouche pour étouffer un cri. D'où lui venait cette idée de cauchemar ?

Sans doute de la façon dont son cousin avait perdu son œil. C'était la première tragédie de la famille Desroselles que la disparition de Jeanne avait supplantée. Serge donnait une grande réception où il avait invité un monde fou car il voulait concurrencer l'Élysée. Les enfants couraient partout, en costume et nœud papillon, avec de petits melons sur la tête, de parfaits petits hommes en miniature qui jouaient à la guerre avec des bâtons et des fusils en bois. Des cris avaient retenti. Jacques était arrivé en pleurant. Un enfant lui avait enfoncé un bâton sous la paupière. La blessure était vilaine. Le docteur Lassalle l'avait fait transporter à l'hôpital mais les médecins n'avaient pas réussi à sauver son œil.

Elle s'en voulut de le soupçonner. Peut-être était-elle influencée par le fait qu'on accusait les borgnes de tous les maux dans la littérature de gare. Elle essuya la buée qui empreignait le miroir, se coiffa, se vêtit et retourna dans sa chambre sans croiser quiconque. Le domaine était si vaste que ses couloirs prenaient parfois des allures de maison hantée. Elle rit toute seule. Décidément elle jouait à se faire peur. Qu'elle était bête ! Une fois prête, elle descendit dans le salon, où elle trouva Jacques devant l'armoire à fusils. L'angoisse lui serra le cœur. Il aurait très bien pu passer devant la salle de bain et coller son œil au trou de la serrure.

Il s'entraînait à démonter et remonter son arme, domaine dans lequel il avait atteint une telle dextérité qu'il pouvait le faire les yeux fermés. Pour jauger sa pratique, il avait posé devant lui sa montre à gousset.

– Regardez, Lucie, lui dit-il, fier de sa technique.

Ses doigts agiles emboîtaient les pièces avec fluidité et précision. La crosse. Les mécanismes. Le canon. L'assemblage paraissait un jeu d'enfant. Une fois l'opération terminée, il jeta un regard à sa montre et leva les deux index pour bénir le ciel, avant de lui sourire à la manière d'un grand gamin.

– Nous sommes seuls au domaine ? demanda-t-elle avant de se rendre compte de ce que sa question avait d'équivoque.

– Entre l'aile où travaillent les salariés de mon père,

les mondanités et le grouillement des domestiques, nous ne sommes jamais seuls, hélas ! répondit-il.

Le hélas la troubla, autant que son regard insistant posé sur elle.

– Vous êtes rapide, dit-elle en désignant le fusil entre ses mains.

– Merci. Je me suis beaucoup entraîné. Souvent les gradés me demandent de faire une démonstration pour impressionner les jeunes recrues.

Orgueilleux, il compensait son infirmité par une expertise en armement. Puis il fit un geste qui effara Lucie. D'un geste vif, il la mit en joue en s'écriant :

– Pan ! Pan ! Sur le rouge-gorge !

Elle poussa un cri d'effroi tandis qu'il riait de sa mine déconfite.

– Rassurez-vous, Lucie, ce fusil n'est pas chargé. Je ne me serai jamais permis, sinon. Ce n'est qu'une blague, pas très bonne d'ailleurs, de la part d'un infirme.

Il arborait une moue d'excuse. Essayait-il de noyer le poisson ? En colère, Lucie essaya de gratter où ça faisait mal.

– Comment avez-vous vécu le drame de la perte de votre œil, si ce n'est pas indiscret ?

– Je ne me rendais pas vraiment compte, répondit-il, mal à l'aise. Je n'ai compris cette invalidité que plus tard, par le regard des autres, en revenant à l'école avec un bandage sur l'œil. Mes camarades m'avaient surnommé le borgne. Original, n'est-ce pas ? Malheureusement, ce n'est pas une blessure noble, il n'y a pas de quoi se vanter. J'ai quand même pu faire l'école militaire car mon père a fait jouer ses relations. Alors bien sûr, je n'irai jamais sur le terrain, je resterai dans un bureau, à tirer des plans comme un parfait rond-de-cuir.

– Vous allez reprendre les affaires de votre père ?

– À terme, c'est ce qui est prévu, oui.

– Cela n'a pas l'air de vous enthousiasmer.

Il poussa un petit rire amer.

– Oh, vous savez, mon père répète à tout va que je manque de carrure. Peut-être parce que je suis franc. Dans ce milieu, l'hypocrisie règne en maître mais cela passe pour le sens des affaires. Un exemple : Papa s'est arrangé avec les parents du gamin responsable de ma blessure. Figurez-vous que cette famille me verse une rente, pour compenser. Tous les mois, je reçois une somme d'argent. Et ce n'est pas tout. En parlant du premier mai qui approche, mon père se vante à qui veut l'entendre de ne pas quitter Paris malgré les circonstances, mais pour plus de sûreté, il a envoyé ses capitaux en Belgique. C'est ce qu'on appelle du patriotisme, n'est-ce pas ?

Son visage, plissé d'amertume, mettait Lucie mal à l'aise. Pourquoi s'épanchait-il ainsi ?

– Mais parlons d'autre chose, ajouta-t-il. Je voulais vous féliciter d'avoir tenu tête à mon père. Ce n'est pas à la portée du premier venu.

– Je ne voulais pas me montrer impolie. Mais j'ai envie de faire quelque chose pour Jeanne, à ma mesure. Vous trouvez cela absurde ?

– Pas du tout !

– Je sais que vous l'avez ramenée lors de sa première fugue. vous pouvez me raconter ce qu'il s'est passé ?

– Jeanne avait disparu de la circulation. Papa a appelé la police qui avait d'autres chats à fouetter. Je suis simplement allé place de la République en me disant qu'elle finirait bien par passer là-bas. Les faits m'ont donné raison. J'ai fini par la trouver, elle prenait le soleil à côté du lion noir. Je l'ai ramenée à la maison.

– Elle s'est laissé faire ?

– Absolument pas. Elle hurlait au rapt. Des policiers, attirés par le bruit, sont venus nous interroger et je les ai convaincus de nous raccompagner jusqu'au domaine. Elle a juré comme un charretier tout le long du trajet. Les agents en avaient ras-le-bol. Si elle n'avait pas appartenu à une aussi bonne famille que la nôtre, ils l'auraient secouée. Une fois revenue à la maison, elle paraissait calmée, presque léthargique. Et puis quelques jours plus tard, elle a fugué de nouveau. Pour tout vous dire, elle a même volé le porte-monnaie de maman qui en a pleuré des larmes de rage.

– J'ignorais ce détail.

– C'est confidentiel. N'allez pas le crier sur les toits. Vous avez entretenu une correspondance avec Jeanne, n'est-ce pas ?

– Oui, nous nous entendions bien, même si nous ne nous écrivions plus beaucoup.

Jacques sembla réfléchir un moment.

– J'ai une idée, lui dit-il, à propos de Jeanne. Vous avez déjà entendu parler de madame Liénard ?

– Elle tient un salon d'excellente réputation.

– C'est le moins qu'on puisse dire. Et cette femme porte des idées progressistes. Elle dirige un club dont Jeanne a fait partie, quelques mois avant sa disparition. Elle pourrait vous éclairer sur ma sœur. Qu'en pensez-vous ?

– Vos parents seraient d'accord ?

– Je les en informerai mais je ne vois pas pourquoi ils s'opposeraient à cette visite. Et quand bien même, tiendriez-vous compte de leur avis ?

Ils échangèrent un sourire.

– Je vous conduirai chez elle, si vous le souhaitez.

Lucie connaissait l'existence de ce club, puisque Jeanne lui en avait parlé dans ses lettres. L'association de madame Liénard revendiquait le droit de vote pour les femmes. Sa cousine y avait placé beaucoup d'espoir au début mais avait vite déchanté. Les femmes rencontrées là-bas ne l'intéressaient pas. Elles ne parlaient que d'église et de mariage dans une atmosphère guindée, irrespirable. Lucie sentit l'impasse. Mais son cousin avait l'air sincèrement désireux de l'aider.

– Ce serait avec grand plaisir, Jacques, répondit-elle.

CHAPITRE 10

Paris, 15 avril 1906

Pas plus de huit heures ! Après huit heures, je quitte l'atelier ! Au bout de huit heures, je dis merde à mon chef ! Huit heures ! Huit heures ! Huit heures ! À force de répéter le slogan, il finirait par rentrer dans les têtes ou alors ça voulait dire que les prolétaires étaient singulièrement cons.

Depuis un an, François collait des papillons sur les vitrines ou les lampadaires et il était surpris de croiser des gens ignorant encore le mot d'ordre. Les ouvriers, fallait les chercher un par un. Il avait beau leur dire que ceux d'en face savaient défendre leurs intérêts, en s'associant, en formant des clubs, en se serrant les coudes, y en a que ça touchait pas, repliés qu'ils étaient sur eux-mêmes, fiers de vivoter grâce à la débrouille, parce que c'était comme ça, rien à faire, impossible de changer le monde ! Ils enfonçaient leur pouce dans leur poitrine en prétendant qu'ils étaient utiles à la société, adeptes du discours solidariste de Léon Bourgeois où tout individu à son niveau, ouvrier et paysan, patron et actionnaire, faisait œuvre commune pour apporter le progrès à la nation française, sans comprendre qu'ils se faisaient mettre bien profond. Des moutons, voilà ce qu'ils étaient. Et ce que lui-même aurait été si Suzanne ne lui avait pas ouvert les yeux, si Albert ne lui avait pas appris à remettre en cause toute autorité.

Albert qui, une cigarette mâchonnée au coin de la bouche, se tenait à côté de lui. Avec sa casquette à visière, ses rouflaquettes rousses qui lui mangeaient le visage, sa chemise ouverte sur une toison fournie et ses espadrilles, il cultivait des airs de mauvais garçon. On le voyait venir de loin car en temps normal ce genre d'homme restait cantonné dans les quartiers nord de la ville. Quand il descendait dans le centre, il fallait s'attendre au pire. On se retournait sur son passage à cause de sa façon de s'habiller et de son accent particulier des bas-fonds. Il suffisait de l'entendre prononcer deux phrases pour le cribler.

– Bordel ce que j'ai faim ! s'écria-t-il.

François retourna la doublure de ses poches, haussa les épaules, inclina la tête sur le côté avec un air de chien triste. Albert lui donna une bourrade. Il était de bonne humeur, ce qui n'était pas toujours le cas. L'ouvrier se souvenait d'un jour où il avait imité son ami. Aussi sec, Albert lui avait collé une méchante torgnole. Puis il lui avait passé un bras autour du cou et l'avait embrassé sur la joue – c'est une blague mon pote –, le serrant à l'étouffer, ce baiser pareil à une menace : ne me refais jamais un coup comme ça !

François déplia une fleur rouge en papier et l'épingla à sa boutonnière, puis il sortit une timbale en étain sur laquelle était gravée une phrase du Notre-Père : Pardonne-nous nos offenses.

– Je vais jouer, dit-il en la tendant à Albert.

Afin d'attirer l'attention, il marcha à la manière d'un automate jusqu'au centre de la place Voltaire, où il emboîta le pas d'un homme grassouillet, imitant à la perfection son dandinement et son air satisfait. Quand l'homme – inconscient de cette raillerie – tirait sur son cigare pour envoyer des ronds de fumée dans le ciel, François faisait de même et suivait d'un regard rêveur ses ronds imaginaires, tout en secouant la main pour leur dire au revoir. Quelques éclats de rire sarcastiques saluèrent la performance. Le truc, c'était de faire des imitations courtes et de savoir se couler d'une victime à une autre, en adressant parfois un signe de tête complice à la foule. Albert jetait des regards noirs à ceux qui prenaient la fuite en le voyant arriver avec sa timbale. Ils s'étaient rincés l'œil mais ne voulaient pas payer, les rapiats !

Le produit de leur quête leur permit d'acheter un demi-pain de l'avant-veille, dur comme la pierre, qu'il fallait garder en bouche pour l'assouplir mais il donnait soif, ce pain, il épuisait la salive alors ils s'enfilèrent un pichet sur le trottoir devant un marchand de vin.

– Ton patron t'a payé ? demanda Albert.

– Pas encore.

– Il va pas le faire.

– Je vais retourner le voir. Ça ne va pas se passer comme ça.

Albert lui adressa un sourire méprisant.

– Toi ? T'es juste capable de distribuer des tracts. Tu demandes jamais rien. Tu t'écrases. La preuve, t'as encore ton livret d'ouvrier sur toi pour montrer à quel point tu travailles bien !

– Je l'ai déchiré en morceaux depuis longtemps. C'est fini !

– Monsieur se révolte, parfait ! Pour l'atelier, tu sais ce que je t'ai dit. J'y fous le feu quand tu veux. T'as juste à me donner le signal.

– Je préfère qu'il me paye avant de le ruiner. J'ai besoin d'argent. On tire le diable par la queue. Suzanne aussi est en grève.

– Comment va la petite garce ?

– Elle s'en tire comme elle peut, répondit-il en ignorant l'insulte. Avec d'autres femmes, elles se sont installées place de la République où elles cousent des rubans rouges qu'elles vendent pour deux sous aux ouvrières.

– Elle picole toujours comme un homme ?

– Elle a levé le pied. Elle a pris dur à un moment mais c'est du passé, tout ça, balaya-t-il en s'arrêtant net devant le spectacle qui s'offrait à ses yeux.

Dans le parc longeant la Petite Roquette, une prison pour jeunes détenus, une douzaine de troufions s'adonnaient à l'exercice sous le soleil printanier. Ils faisaient des concours de pompes jusqu'à l'épuisement et s'effondraient, l'écume aux lèvres, sur la pelouse du parc. Ils montraient les muscles de leurs bras, saillants, découpés et invitaient les jeunes femmes à venir tâter. Elles n'en reviendraient pas de leur dureté. Ils rigolaient de leurs blagues en se tapant dans les mains.

François les avait déjà vus, eux ou leurs frères d'armes, en plein effort, alors qu'il se promenait en compagnie de Suzanne dont il avait surpris le regard appréciateur. Contrarié, il l'avait vite entraînée avec lui tandis qu'elle l'aiguillonnait : pourquoi ne la laissait-il pas faire ce qu'elle voulait ? Elle serait bien restée tailler le bout de gras avec les beaux militaires !

Il se demandait souvent pourquoi elle lui tenait ce genre de propos, et la seule réponse qu'il avait trouvée était la volonté de sa femme de lui faire payer les erreurs du passé. Mais ce n'était pas seulement de sa faute à lui si quelque chose s'était brisé entre eux. Ils avaient basculé dans le vide et n'en finissaient pas de tomber.

– Vous venez d'où, les gars ? lança Albert aux soldats.

François sentit un frisson lui remonter l'échine. Le rouquin cherchait fréquemment la merde et là, en employant son ton doucereux, c'était pile ce qu'il était en train de faire. Ils lui répondirent qu'ils arrivaient du Sud, de Narbonne. Parmi eux se trouvaient plusieurs Occitans et un Corse, un petit homme à la peau noire de soleil.

– Vous faites quoi, à Paris ?

– Les gradés s'attendent à du grabuge, chez vous. Des gars veulent renverser le pouvoir. Vous en êtes ?

C'était dit sur le ton de la plaisanterie. Ils n'étaient pas en service. Ça ne les dérangeait pas de parler avec le peuple dont ils venaient tous.

– Vous tireriez sur vos frères ?

Le militaire se rembrunit.

– On obéit aux ordres. Point.

– Mais ça ne vous gêne pas ? Il pourrait y avoir vos pères en face, vos mères.

Le sourire d'Albert se tordait en grimace. Les militaires, ayant compris qu'il ne s'agissait pas d'un simple bavardage, fixèrent leur attention sur le rouquin qui se tourna vers le petit homme basané.

– C'est toi, le Corse ?

Il reconnut le nom de son pays. Corsica. C'était bien cela. Il montra fièrement ses muscles. Saillants. Noirs. Velus.

– Tous des enculés, les Corses, hein ?

L'homme tiqua. Même s'il ne parlait pas couramment le français, il avait acquis les notions de base.

– Il plaisante, tenta François.

– Ta gueule, toi, la ramène pas. Des enculés et des ennemis des Français, voilà ce que sont ces sauvages. C'est pour ça qu'on les recrute dans les bagnes militaires. Ça ne dérange pas les Corses de nous torturer.

Les militaires ouvraient des yeux ronds. La conversation avait gentiment commencé et en deux secondes cet apache les provoquait ?

– Vous faites quoi, les pédés, vous sucez le sauvage ? Il a bon goût ?

Et Albert ferma son poing devant sa bouche, roula sa langue dans le creux d'une joue et fit semblant de sucer des bites, les yeux fermés, en poussant des gémissements d'extase tellement il trouvait ça délicieux. Son autre main s'enfonçait dans la grande poche de sa veste.

Quand le premier militaire s'approcha de lui, Albert brandit le marteau qu'il dissimulait. Le troufion eut l'instinct de se jeter en arrière pour éviter le coup qui lui frôla le visage. Les autres poussèrent des cris de rage et lui promirent la branlée de sa vie. Il s'avancèrent en arc-de-cercle tandis qu'Albert reculait, remettait le marteau à sa place et sortait l'autre surprise, une petite bouteille en verre avec un chiffon enfoncé dans le goulot. Devinant la suite, François recula précipitamment. D'un geste sûr, Albert frotta une allumette sur la bouteille qui s'enflamma instantanément et la jeta dans les pieds des militaires où elle éclata. Aussitôt, des flammes léchèrent les pantalons des hommes affolés qui se brûlèrent les mains en essayant de les étouffer.

Les deux comparses s'enfuirent aussi vite que possible dans le dédale de ruelles derrière la rue de la Roquette. Pendant qu'il courait, François entendait des bruits de verre et de métal s'entrechoquant dans les poches de son camarade. S'il tombait, il exploserait et monterait jusqu'aux étoiles. Avenue Philippe-Auguste, ils franchirent un porche dont la porte était restée ouverte et s'abritèrent dans une petite cour noirâtre, à bout de souffle, le cœur martial comme un tambour, la poitrine brûlante, pris tous les deux de quintes de toux inextinguibles. Ils s'étranglaient à force de tousser. Albert crachait par terre en enchaînant des jurons de bonheur. La gueule qu'ils avaient faite, ces minables ! Leur air ahuri quand ils avaient pris feu ! Quel bonheur ! Ça valait vraiment le coup !

CHAPITRE 11

Roquefort, 15 avril 1906

Quelques heures avant de quitter Roquefort, Leroy emprunta un chemin coupé du ciel par l'ombre froide d'un bois de châtaigniers. Sur un tronc d'arbre étaient gravés un cœur et des initiales, peut-être l'œuvre du contremaître et de sa femme ayant inscrit, du temps de leur jeunesse, leur amour dans l'écorce et qui voyaient chaque jour, sur la route de la maison, ce souvenir de l'engagement du mariage et des vœux d'assistance mutuelle.

Le secrétaire arriva devant une cabane de berger faite de pierre et d'ardoise du pays. Deux enfants au visage rond menaient un crapaud à l'aide d'un bâton. L'un d'entre eux donna un coup de pied à la bête qui s'envola pour retomber dans les buissons. Si elle avait souffert, elle était restée muette. Les enfants au regard vide et lumineux se mirent à rire sans pouvoir s'arrêter. Leroy se posa la question d'un lien de famille entre les parents. La science commençait à connaître les risques de ce genre de coucherie. Une grosse femme au teint rougeaud accroupie dans le jardin arrachait les mauvaises herbes. Elle releva la tête pour engueuler les enfants qui, pris dans leur jeu, ne l'entendirent pas et s'éloignèrent en se donnant la main.

Des treillis de roses et des narcisses s'épanouissaient devant cette bâtisse comme si les occupants avaient voulu donner une chance à la beauté. Leroy supposa que la femme s'occupait des fleurs. Sa mère était pareille qui, avide de jolies choses en son foyer, s'était attachée de manière excessive à un vase héritée de sa grand-mère et, craignant la gaucherie de son fils, poussait de hauts cris dès qu'il s'en approchait.

– Qu'est-ce que vous faites là ? s'exclama la veuve, épouvantée de le voir.

Il se croyait malin en se dissimulant derrière les buissons mais en réalité, il n'était pas plus futé que ces deux gosses et laissa tomber l'idée de lui présenter ses condoléances car elle l'avait déjà identifié comme le responsable de son malheur.

– Allez-vous en ! cria-t-elle en se repliant vers sa maison et en appelant ses marmots qui s'approchaient de lui, curieux de cet étranger, démangés par l'envie de lui donner la main ou de lui sauter au cou. Vous l'avez tué !

– C'était un accident. Attendez, madame, s'il vous plaît.

Il lui montra de belles pièces en argent.

– Pour tenir un petit moment.

Il les déposa sur le banc de pierre, les alignant pour qu'elles soient faciles à compter. Il y en avait beaucoup, toute la fortune qu'il emmenait avec lui. Il songerait à se refaire une santé financière plus tard et sa paie tombait chaque mois, de toute façon.

– Voilà, madame, je ne veux pas vous embêter plus longtemps.

Il n'attendait ni merci, ni regard de reconnaissance. Elle se demandait si c'était un piège. Un gamin voulut prendre une pièce mais elle lui donna une tape sur la tête et il se mit à couiner.

– Allez au diable ! dit-elle en le regardant par en dessous. Il n'était pas si mauvais que ça, c'est vous qui l'avez poussé à la mort. Il vous fallait un responsable, c'était plus facile que ce soit lui. Il travaillait nuit et jour pour notre famille. Il s'en fichait de l'argent. C'était tout pour nous. Sa place, il ne l'avait pas volée. C'est honteux, ce qui est arrivé.

Comme Leroy avait l'air penaud, elle prit confiance et continua à vociférer, bien après qu'il lui eut tourné le dos et jusqu'à ce qu'il fût suffisamment éloigné pour ne plus l'entendre.

Une fois au village, il se dirigea vers l'hôtel de la gare et aperçut des gendarmes qui arrivaient en face de lui, emmenant avec eux l'ouvrière aux dents mal rangées, celle qui lui avait fait du gringue le soir du bal, avant que les choses ne dégénèrent avec le contremaître.

– Nous l'avons trouvée, la lanceuse de cailloux ! lui dit Dubosc.

À la vue de Leroy, le visage blême de la jeune femme se tordit de déception et d'amertume. Elle lui lança des regards meurtriers en formant les mots de traître et de vendu. Et d'autres insultes. Tout ce qu'elle avait sur le cœur. Les grandes eaux du ressentiment. Il voulut lui jurer son innocence : ce n'était pas lui qui l'avait mise en cause, à aucun niveau que ce soit. N'importe qui aurait pu la dénoncer aux gendarmes contre un petit arrangement, une ardoise effacée, de la mansuétude sur un délit insignifiant, n'importe qui, une ouvrière même ! C'était chose habituelle, la trahison, propre à l'espèce humaine, voulut-il lui dire, mais elle avait déjà disparu, enlevée par les gendarmes.

CHAPITRE 12

Paris, 16 avril 1906

L'immeuble devant lequel Jacques et Lucie arrivèrent en voiture appartenait en totalité à la famille Liénard, comme tant d'autres, aux lignes identiques, dans la rue du Faubourg-Saint-Honoré. On disait monsieur Liénard atteint de folie capitaliste.

– Je vous attends en bas, Lucie, lui dit son cousin.

Elle se présenta au gardien de l'immeuble qui lui fit traverser la cour et l'emmena au deuxième étage. Un domestique prit le relais et introduisit Lucie dans un long couloir, aux murs garnis de portraits d'ancêtres parmi lesquels de grands industriels et des entrepreneurs visionnaires, sans oublier le tableau d'un courtisan en perruque, coquetterie d'une lointaine ascendance aristocratique.

Dans le salon cossu, l'attendait, assise autour d'un guéridon sur lequel reposait une planche oui-ja, madame Liénard en robe de soie, la broche d'un bijoutier à la mode épinglée sur le cœur. Elle observa sa visiteuse avec intérêt avant de l'entreprendre. Quelles étaient les nouvelles de la famille ? Elle se rappelait avoir rencontré son père, une fois, un homme absolument charmant. Les affaires se portaient-elles bien ? Et les bonnes œuvres ? Et que pensait-elle de Paris ? Y trouvait-elle le bonheur ? Qu'elle en profite avant le grand chambardement !

– Je viens de terminer une partie de spiritisme avec mes amies, enchaîna-t-elle, dommage que vous ne soyez pas venue plus tôt ! Nous avons posé des questions aux esprits sur le premier mai. Figurez-vous que Paris va brûler ! Des flammes s'élèveront du parlement. Les casernes seront prises d'assaut. Et nous, que feront-ils de nous ? Mon Dieu, j'en frissonne !

Elle riait de sa blague car à la révolution, elle ne croyait pas. Le premier mai, elle avait même prévu d'aller dîner au restaurant de la tour Eiffel car elle rêvait de déguster des huîtres tandis que la ville paniquerait autour d'elle.

– Merci, ma douce, dit madame Liénard à une jeune domestique avertie des usages qui servit le thé avec une exquise délicatesse. J'espère que vous ne me poignarderez pas dans le dos, le jour de la révolution.

Bouleversée, la gamine repartit avec le plateau qu'elle serrait fort, sous le regard narquois de la maîtresse de maison. Lucie, gênée, avait autant honte pour madame Liénard que pitié de la domestique.

– Ce n'était qu'une plaisanterie, expliqua-t-elle, cette fille est une perle, élevée dans les principes de la morale, je ne crains rien. Et si nous en venions à la raison de votre présence ici, mademoiselle ?

– Je voudrais vous poser des questions sur Jeanne.

Le visage de madame Liénard changea du tout au tout. Sa visiteuse parlait d'une pénible et angoissante affaire de famille, d'un drame qui avait bouleversé le Tout-Paris.

– Pour être honnête, je savais que vous vouliez vous entretenir avec moi à propos de votre cousine, votre tante m'avait avertie de votre démarche. C'est une affaire angoissante. Je ne sais, hélas, que peu de choses.

– J'aimerais que vous me parliez de Jeanne. Qui était-elle vraiment ? Que faisait-elle dans votre club ? Je veux mieux la connaître.

Madame Liénard avait l'air attentive, pleine d'empathie, mais Lucie pensait qu'elle affectait la compassion. Cette femme, connue pour tenir un salon à la mode, consacrait du temps à Lucie, par amitié pour les Desroselles, sans aucun doute, mais aussi par calcul car il était toujours utile de rendre redevable quelqu'un de son milieu.

– L'objectif de mon club consiste à militer pour donner aux femmes le droit de vote. La préfecture a déjà enquêté sur moi l'année dernière. Je n'aurais jamais cru un jour me retrouver dans les petits papiers de ces messieurs. Ces policiers prêchaient le faux pour savoir le vrai. Je me suis plainte à mon mari qui connaît des gens bien placés à la préfecture. Les fonctionnaires ont ri de bon cœur, paraît-il, car selon eux nous étions inoffensives. Je n'ai pas aimé ce mot. Mais venons-en à Jeanne.

Votre cousine est tombée sur notre cause et l'a épousée dans une simple volonté de prendre l'air. Elle n'était pas en harmonie avec nos positions. Notre groupe développe un argumentaire bien précis. Pour résumer, le vote des femmes permettra de protéger l'enfance et de combattre l'alcoolisme, bref, de rendre la morale victorieuse. Ces positions nous permettent de rallier les catholiques à notre cause. Jeanne ne s'y retrouvait pas.

– Pourquoi donc ? demanda Lucie qui devinait déjà la réponse.

– Je ne vous cacherai pas que votre cousine était difficile. Elle s'est mise à avoir de mauvaises fréquentations. Son goût pour les idées subversives, son attirance pour tout ce qui avait trait au désordre, la poussait à se commettre avec des ouvriers. Elle se mettait en danger en traînant dans le caniveau.

Lucie tressaillit sous la violence du propos.

– Je comprends bien votre réaction, mademoiselle, mais je suis là pour pour vous dessiller. Pour être franche, une femme de son rang qui fréquente les bas-fonds passe pour une dévergondée. Ou pire.

Pour la dessiller ? Est-ce à dire que son entourage la trouvait naïve ? Elle sentit sourdre en elle une colère qu'elle dissimula, écoutant madame Liénard avec attention.

– Monsieur Desroselles se posait des questions sur la santé mentale de sa fille. Il l'a fait examiner par des spécialistes de la folie. Le mot d'internement a été prononcé. Je le sais de source sûre.

Lucie blêmit. Sa famille avait-elle pensé à la faire enfermer à cause de son comportement ? Elle comprenait mieux pourquoi Jeanne avait saisi la première occasion pour s'enfuir.

– Vous connaissez des noms d'ouvriers qu'elle fréquentait ?

– Si j'en avais, je les aurais donnés à la police. Non, elle me parlait surtout des conférences auxquelles elle assistait. Elle écoutait la bonne parole ailleurs et elle y croyait dur comme fer. En fin de compte, je ne suis pas sûre que j'aurais pu la dresser.

Madame Liénard appuyait son propos en caressant sa broche du bout de ses doigts chargés de bagues. La dresser ! En lui apprenant à mettre son énergie dans des combats honorables, elle aurait procuré à Jeanne une respiration avant de la rendre à la vie bourgeoise pour qu'elle fasse honneur à son rang. Ce club de progrès était lui aussi un corset. Madame Liénard, satisfaite de sa petite phrase et de l'effet qu'elle avait produit sur Lucie, afficha un sourire suffisant et jeta à l'horloge un bref coup d'œil.

– Ma petite domestique va vous raccompagner jusqu'à la porte, dit-elle en faisant tinter une cloche.

Au son cristallin apparut la jeune servante qui esquissa une révérence. Lucie lui emboîta le pas jusqu'à la porte cochère qui donnait sur le boulevard.

– Tenez, pour vous.

Le pourboire, excessif pour le service rendu, était une manière de compenser la grossièreté de la maîtresse de maison. La petite serra la pièce dans son poing. De l'or. Elle n'avait jamais vu cela que dans les mains de ses maîtres. Une pièce en or rien que pour elle. Elle l'observerait longtemps, le soir, à la lueur de la bougie, elle lui trouverait une cachette dans sa mansarde, elle ruminerait des nuits entières sur ses premiers investissements.

– Vous connaissiez Jeanne Desroselles ?

– La disparue ? Oui, vous lui ressemblez, un peu. Je la raccompagnais parfois, jusqu'à la sortie, comme je viens de faire pour vous. Elle était toujours gentille avec moi. Quand elle rejoignait ses amis, elle se retournait pour m'adresser un signe de la main.

– Ses amis ?

– Oui, ils l'attendaient parfois en face de l'immeuble.

– À quoi ressemblaient-ils ?

– Il s'agissait d'un couple. L'homme portait une espèce de vieux costume avec une fleur rouge à la boutonnière, je crois bien que c'était une fleur en papier. Il s'amusait à imiter la démarche des passants. Je l'ai vu plusieurs fois. Après son numéro, la femme tendait une gamelle pour faire la quête. Mais ils n'avaient pas de succès dans le quartier. Les gens sont trop imbus d'eux-mêmes. C'est arrivé que des messieurs lui courent après en brandissant leur parapluie.

– Vous l'avez dit à la police ?

La bonne s'effraya.

– Pourquoi donc ? Personne ne m'a jamais rien demandé, madame !

* * *

– Vous entendez les rouges-gorges ? lui demanda Jacques, un peu plus tard, dans la voiture qui les ramenait au domaine.

Bien qu'ils fussent dans un quartier chic, ils traversaient une allée infâme où le vent s'engouffrait, glacial. Seuls les oiseaux résistaient, déversant sur Lucie leurs chants d'amour. Étaient-ce des rouges-gorges ? Lucie n'y connaissait rien en oiseaux ; ces créatures ne l'avaient jamais intéressée. Mais cela faisait deux fois que Jacques utilisait ce mot. Il avait l'air d'y tenir. Elle haussa les épaules, affichant une moue d'ignorance.

– Votre enquête progresse-t-elle ? demanda-t-il d'une voix lointaine.

Lui posait-il cette question par courtoisie ou alors éprouvait-il un véritable intérêt pour ce qu'elle avait entrepris ? Croyait-il qu'une femme puisse avancer là où la police avait échoué ? Puis en relevant les yeux, elle vit son visage tordu par une grimace. Il jubilait à l'idée qu'elle ne comprenne pas son ironie. Une oie bête, voilà ce qu'elle était à ses yeux ! Elle avait cru un moment trouver en lui un allié dans la place, grossière erreur ! Les informations qu'elle avait glanées, elle les garderait pour elle.

– Madame Liénard n'appréciait pas beaucoup Jeanne.

– Elle vous a expliqué pourquoi ?

– Elle n'arrivait pas à l'influencer, dit Lucie avec un léger sourire qui sembla contrarier son cousin.

– Madame Liénard a fait tout son possible pour la

remettre dans le droit chemin. Mais c'était peine perdue. Elle préférait fréquenter les animaux.

Lucie tiqua, mal à l'aise, encore une fois.

– Vous voulez dire que Jeanne ne faisait pas les bons choix ?

– C'est le moins qu'on puisse dire ! Elle avait choisi une voie diamétralement opposée à la nôtre en fréquentant des socialistes ! Elle fuguait pour rejoindre ses amis de la CGT !

Il haussait la voix sans s'en rendre compte. Un an après, la colère supplantait encore l'inquiétude.

– Vous n'avez pas l'air de beaucoup l'aimer, vous non plus.

Il ne sut pas quoi répondre, tout d'abord.

– Nous ne nous entendions pas très bien, c'est vrai. Jeanne n'était pas exemplaire, vous ignorez beaucoup de choses, Lucie.

– Je ne demande qu'à savoir.

– Nos rapports n'ont jamais été au beau fixe. Jeanne se moquait de moi parfois parce que j'étais borgne. Elle fermait un œil et c'était censé me représenter. La gentillesse incarnée !

– Les enfants sont cruels, dit Lucie. Mais rassurez-moi, elle possédait quand même de bons côtés ? Je me rappelle avoir passé des moments merveilleux avec elle. Je l'admirais.

– Ce n'était pas une sainte, s'énerva-t-il. Loin de là ! Si vous saviez ! Après votre nuit dehors, on a eu peur pour vous parce que Jeanne, elle, avait commis l'irréparable !

– Pardon ? Que voulez-vous dire ?

Il se rendit compte qu'il avait trop parlé.

– Rien du tout ! répliqua-t-il en se murant dans le silence.

L'esprit de Lucie tourna à toute vitesse. L'irréparable. La peur qu'il lui arrive quelque chose. Pourquoi monsieur Desroselles avait-il fait venir le docteur Lassalle aussi vite, après sa nuit au commissariat ? Pourquoi un examen aussi intime ? Tout simplement parce qu'il craignait que l'histoire se répète ! Lucie eut la certitude qu'une fois Jeanne ramenée manu militari au domaine, ses parents avaient découvert avec effroi qu'elle était enceinte.

CHAPITRE 13

Domaine Durand de Gros, Aveyron, 16 avril 1906

Le domaine où Sorgue avait grandi, autrefois une ferme magnifique à la pointe de la révolution agraire, donnait une impression d'abandon. La citoyenne n'avait plus d'argent pour payer les ouvriers. Personne ne s'occupait de l'entretien. Personne pour redresser les toitures abîmées par les intempéries ou pour utiliser les engins agricoles envahis d'herbes sauvages. Les clôtures cassées restaient en l'état et les meules de foin pourrissaient dans les champs.

C'était le progrès social qui avait fait la faillite de la citoyenne. L'année précédente, elle avait instauré les huit heures sur ses terres et, en guise de remerciement, les journaliers s'étaient moqués d'elle en travaillant le moins possible, jusqu'à ce que la situation devienne irrémédiable. L'argent ne rentrait pas. Les dettes s'accumulaient. Et Leroy enrageait. À quoi bon promettre à ces paysans la liberté et l'émancipation ? Depuis des générations, ils allaient à l'encontre de leur intérêt. Et ce n'était pas une jacquerie, par-ci, par-là, qui allait les faire remonter dans son estime. Qu'ils crèvent de misère avec leur esprit étroit et leur désir d'inféodation !

Au pied du mur, Sorgue avait bradé le bétail une tête après l'autre mais cela n'avait pas suffi à boucher les trous de la comptabilité. La mort dans l'âme, elle s'était résolue à vendre le domaine et le prix qu'elle avait obtenu servirait à rembourser ses dettes. Ensuite, il ne lui resterait pas grand chose, de quoi vivre deux ans, à tout casser, avant de rejoindre son mari en Belgique et de vivre à ses crochets, traînant en savates à la maison, s'occupant du ménage et ruminant son déclassement de femme bourgeoise ruinée par un manque absolu de sens des affaires.

Revenir au domaine n'était pas une bonne idée. Leroy pensait que les derniers détails auraient pu se régler par correspondance. Sorgue aurait évité de rencontrer l'acheteur, un héritier de la bourgeoisie provinciale du Rouergue, qui était arrivé avec son notaire, et n'avait pu se retenir, en faisant le tour du propriétaire, de lâcher quelques remarques perfides sur l'état du domaine. De quoi faire capoter la vente si Leroy n'avait pas été là pour arrondir les angles.

Sorgue, bouleversée, fébrile, était montée dans la chambre aménagée au-dessus de la grange sous prétexte de se reposer, en refusant qu'il l'accompagne. Elle ne voulait pas qu'il la voie dans cet état de peine et de douleur.

Se retrouvant seul, avec un peu de temps devant lui, il s'occupa de ses propres papiers. Quand il entendit une détonation lointaine, il pensa d'abord à un braconnier et se rendit dans la chambre de la citoyenne pour vérifier si tout allait bien, mais elle ne s'y trouvait pas. En revanche, la sacoche en cuir noir doublé de velours rouge dans laquelle elle gardait son arme était posée sur son lit, ouverte et vide. Il se rappela son désir de marcher sur le plateau et la crainte qu'elle ait voulu en finir sur les lieux de son enfance le traversa. Il imagina découvrir Sorgue renversée sur le sol, son pistolet à la main et un trou dans la tête.

Affolé, il ressortit du bâtiment et l'appela en passant devant les dépendances, sans succès, alors il monta un peu plus haut, sautant par dessus les racines, les buissons de ronces et les ombellifères, sur le plateau âpre et venteux semé de blocs de pierre, là où il lui avait donné des leçons de tir, imaginant le pire jusqu'à ce qu'il tombe sur elle, tenant son pistolet à bout de bras et visant un arbre. Elle était pied nu et paraissait folle avec ses cheveux ensauvagés. Elle cligna des yeux au moment de presser la détente une nouvelle fois. Son poignet tressauta sous le recul et la balle se perdit dans les feuillages.

– Vous vous entraînez ? lui demanda-t-il.

Surprise, elle dirigea l'arme sur lui, les mains tremblantes mais le regard empli d'une dureté nouvelle. Il eut peur qu'elle presse la détente. Trois secondes de doute. C'était long, trois secondes, lorsqu'on était mis en joue. Enfin, elle baissa son arme.

– J'ai eu peur en entendant la détonation, soupira-t-il. J'ai cru qu'il vous était arrivé malheur.

Des larmes perlèrent à ses yeux qu'elle essuya rageusement. Quand il lui retira le pistolet des mains, elle se laissa couler au sol. En attendant qu'elle reprenne ses esprits, il chercha ses chaussures mais ne put les récupérer car elle les avait balancées dans un bosquet difficile d'accès en contrebas d'un repli rocheux. Une fois qu'elle sembla plus calme, il la prit par le coude et la raccompagna à la ferme.

Là-bas, il s'occupa de faire chauffer de l'eau tandis qu'elle remâchait ses pensées puis l'aida à se déshabiller. Jour après jour, son corps se fanait. Sa chair s'affaissait. Quant à son visage, désormais empâté, il renvoyait à loin le temps où un artiste local, épris de la jeune bourgeoise la plus ravissante du pays, avait sculpté son buste en marbre. Il prépara la soupe pendant qu'elle se lavait.

– Autrefois, alors que je tordais le nez devant mon assiette, Papa me racontait la vie des petites bergères des cabanes, perdues sur le plateau, qui n'avaient rien à manger lui confia-t-elle pendant le repas. Il savait me piquer au vif ! Alors, je me forçais. J'avalais jusqu'à la dernière goutte. Je raclais le fond. Ma cuillère crissait contre la porcelaine. Et il me regardait avec cet air de supériorité des hommes qui parviennent toujours à leurs fins.

À quelques mois de là, lors de son précédent séjour, Sorgue avait trié les papiers de son père et en avait cédé une partie aux archives de la municipalité car ses ancêtres ayant été des pionniers de la révolution agraire, ils faisaient partie de l'histoire du pays. Elle avait juste conservé sa correspondance privée, les lettres qu'il recevait de ses amis et celles qu'elle-même lui avait envoyées, pour le tenir au courant de ses aventures, qu'elle fût dans sa colonie phalanstérienne d'Amérique du Sud ou ailleurs.

En l'aidant à faire le tri, Leroy avait lu un courrier du père de Sorgue faisant de sa fille un portrait peu flatteur, l'estimant incapable de prendre sa vie en main et de s'occuper d'un foyer, obsédée qu'elle était par ses deux lubies, la cause des femmes et la révolution. Le père affichait le désarroi d'un homme d'un autre temps mais en dépit de ses critiques et de son amertume, il avait toujours envoyé de l'argent à sa fille pour assurer sa subsistance.

Qu'aurait-il pensé, le père, en voyant l'état du domaine ? Il aurait été conforté dans son jugement, peiné mais pas surpris, au fond, d'avoir eu raison.

Sorgue et Leroy passèrent la soirée à lire les journaux. C'était la guerre, dans le Nord. Les mineurs de Courrières affrontaient les militaires tous les jours. Ils avaient leurs billets de train et partiraient dès le lendemain pour Lens, rejoindre les camarades.

La citoyenne avait pris un dossier dans lequel elle gardait de vieilles coupures de journaux. Pendant longtemps, elle avait collectionné les articles qui parlaient d'elle, avant d'abandonner, lassée de sa propre vanité.

– Qu'est-ce que vous lisez ? lui demanda-t-il en passant dans son dos.

Il s'attendait à une recension d'articles sur la catastrophe minière, mais en réalité, il s'agissait d'un banal fait divers.

– Vous vous intéressez à la disparition d'une jeune fille de la bourgeoisie ? Jeanne Desroselles ? Cette famille est connue. Les faits remontent à l'année dernière, me semble-t-il.

Prise sur le fait, Sorgue ferma le dossier.

– Cette affaire m'intrigue. Je la suis de loin, c'est tout.

Depuis le temps qu'il travaillait pour elle, Leroy la connaissait beaucoup mieux qu'elle n'aurait pu imaginer. Il déchiffrait aisément ses réactions. Et là, ses paroles sonnaient faux.

CHAPITRE 14

Paris, 16 avril 1906

Les manifestants avançaient en meute dans les rues autour de la place de la République et des gamins excités par l'ambiance se joignaient au cortège. Ils braillaient *L'Internationale* sans qu'on trouve à redire sur leur compte. Un môme en blouse d'ouvrier trop grande pour lui, un sifflet à la bouche, faisait un bruit du diable. Des ouvriers excédés essayaient de lui coller des taloches mais il était leste et les narguait, pouce sur le nez, en agitant les doigts.

Quand Albert l'attrapa par le col, ce fut pour le hisser sur ses épaules et le gamin exulta, les mains levées au ciel. C'était la première fois que François revoyait le rouquin depuis l'épisode des militaires et il se demanda s'il gardait d'autres surprises dans ses poches. L'absence de tintement le rassura.

Boutiques, ateliers, postes, écoles avaient droit à la distribution des papillons rouges. Au bout de huit heures... terminé ! Tu ramasses tes outils, tu rentres chez toi ! À mesure qu'ils se rapprochaient de la rue de Lancry, François fit passer le mot : le patron de la ferronnerie était un salaud d'exploiteur, qui forçait les ouvriers à faire des journées interminables pour un salaire de misère, lui-même était bien placé pour le savoir puisqu'il n'avait jamais reçu son dû.

Les manifestants s'arrêtèrent alors devant l'atelier dont, pour une fois, la porte était bouclée, en scandant : « Avec nous ! Avec nous ! » À l'intérieur, se collaient aux carreaux de verre jaune des visages blafards et inconsistants. Les ouvriers tergiversaient. Ce n'était pas simple de cesser le travail sous le nez du patron. Le premier homme qui sortit de l'atelier récolta une salve d'applaudissements.

– Ça alors, c'est Hippolyte ! s'écria François.

Le chauve avait du mal à ouvrir les yeux frappé qu'il était par la lumière du jour mais il sourit en reconnaissant son collègue. Les deux hommes tombèrent dans les bras l'un de l'autre. François lui embrassa le crâne, ça portait bonheur. Les manifestants plaisantèrent : comment cette brusque effusion allait-elle se terminer ? Par un accouplement au fond d'une ruelle ? Gaffe ! Qu'ils pensent à faire ça debout pour éviter le polichinelle !

– À mon tour de l'embrasser ! s'exclama Suzanne. Y a pas de raison ! J'en ai besoin, de chance, moi aussi.

Encouragée par les hommes, elle déposa un baiser sur la peau nue et plissée puis sa bouche glissa dans le creux de l'oreille d'Hippolyte. Elle le regardait au fond des yeux et il ne savait plus où se mettre tandis que le gamin à casquette poussait des cris d'Apache en faisant aller et venir sa paume devant sa bouche car un nouvel ouvrier hébété sortait de l'atelier.

La joie fut de courte durée car, aussitôt, apparut sur le pas de la porte le chef d'atelier qui d'une main tenait son chien en laisse tandis que, de l'autre, il brandissait une tenaille de forge à gueule de loup.

– Rentre Hippolyte, toi aussi René. Dix secondes. Pas une de plus. Sinon, vous ne remettrez jamais les pieds chez moi. Terminé ! Et si vous vous pointez, le clébard se fera un plaisir de vous bouffer le cul.

Les choses prenaient une vilaine tournure. Rattrapé par le principe de réalité, le chauve se grattait la tête, regrettant déjà l'éclaircie de baisers. Albert posa le môme au sol et celui-ci, pris d'une sympathie inconditionnelle pour le molosse, agita les doigts sous son museau. La mâchoire de l'animal claqua dans le vide, à quelques centimètres de la petite main. Le patron tira d'un coup sec sur la laisse.

– Recule, petit con, tu vas te faire croquer !

Autour de lui des cris s'élevèrent. Ça voulait dire quoi, ces menaces ? Et pour qui se prenait-il, cet exploiteur ? Ils en avaient entendu de belles, sur lui ! Huit heures, à partir de maintenant, c'était la règle ! Il n'avait pas vu le slogan sur le fronton de la Bourse du travail ?

– Rien à foutre de vos huit heures !

– Commence par me régler ce que tu me dois ! cria François.

– Tiens ! Le clown de service ! Manquait plus que lui !

– Un de ces quatre matins, il se pourrait que tu retrouves un tas de cendres à la place de ton atelier, lança Albert d'une voix suave.

Les deux hommes s'affrontèrent du regard mais le chef d'atelier hésita à surenchérir. Ce qu'il voyait dans les yeux du rouquin ne lui plaisait pas et, à la périphérie de son champ de vision, il devinait les mains des manifestants se refermer au fond de leurs poches. Un carreau de la porte éclata brusquement. Le gamin ouvrait des yeux innocents et faisait semblant de chercher autour de lui le responsable des dégâts.

– Qui a fait cela ? C'est toi ? s'écria le patron, tandis que le chien se cabrait. J'appelle la police !

Albert avança d'un pas chaloupé, les mains au fond des poches, mais le molosse sauta soudain au visage du môme, déclenchant des hurlements d'effroi. Son maître tira sur la laisse à deux mains mais l'animal refusait de lâcher prise. Albert réagit immédiatement en frappant à coups de poing le crâne de la bête, insensible à ces brutalités, qui gardait la mâchoire verrouillée. L'affolement était général. Les cris du môme, épouvantables. Suzanne fourra ses mains dans la gueule du chien pour desserrer l'étau mais il réaffirma sa prise en broyant les doigts de l'ouvrière qui se mit à crier elle aussi.

Alors Albert se plaça à genoux derrière le chien, et lui donna de grands coups de marteau sur l'arrière-train pour lui briser l'échine. Chocs sourds. Râles de douleur. Le chien lâcha prise et tomba sur le côté, le corps pris de soubresauts nerveux.

Les yeux fermés, l'enfant ne bougeait plus. L'empreinte circulaire des crocs lui traversait le visage, de la pointe du menton à la paupière inférieure. Les plaies exposaient le blanc laiteux de l'os, les fibres des muscles. Il serait défiguré. Seule consolation, les yeux avaient l'air intacts. Les manifestants criaient de l'emmener à l'hôpital militaire Villemin. Certains voulurent s'en prendre au patron qui réussit à se réfugier dans son atelier.

Albert portait le gamin dans ses bras en lui racontant des conneries pour le divertir, du style qu'il était un homme, maintenant, un vrai, avec cette jolie blessure qu'il pourrait montrer aux filles pour leur bourrer le crâne. Derrière eux, Suzanne protégeait sa main abîmée qui pendait au bout de son bras.

– Fais voir ! lui dit François.

Les crocs s'étaient enfoncés profondément. Trois doigts en charpie. Ce n'était pas beau.

– Tu as fait quoi pendant qu'on essayait de sauver le petit ? lui dit Suzanne, furieuse. Je t'ai pas vu. Comme si t'étais pas là. Ça ne changera jamais ! À chaque fois qu'on a besoin de toi, il y a personne.

François tenta de s'expliquer. Tout s'était passé tellement vite qu'il n'avait pas eu le temps de réagir. Mais il s'interrompit devant le regard méprisant de Suzanne. À quoi bon chercher des excuses, encore une fois il n'avait rien fait, englué dans sa léthargie habituelle, incapable d'agir tandis que le monde hurlait autour de lui.

CHAPITRE 15

Paris, 16 avril 1906

Dans la salle de musique, Lucie s'escrimait sur le clavier. Elle butait sur la mélodie. L'enchaînement était difficile, l'erreur toujours au même endroit. Un point commun avec Jeanne, rétive au piano, qui lui avait tant parlé de sa préceptrice, une demoiselle anglaise vêtue de noir l'interrompant au moindre faux pas. C'était la mode de faire venir de Londres ces jeunes femmes de bonne famille qui dispensaient un enseignement strict ainsi que des rudiments d'anglais. C'était la mode aussi de truffer ses conversations de mots venus de l'autre côté de la Manche. *Start all over again, darling !* Jeanne trouvait cette manie ridicule mais elle se plaignait surtout de cette dame de compagnie qui la suivait comme son ombre. Les Desroselles, au moins, avaient renoncé à imposer une duègne à Lucie.

Mais n'avaient-ils pas dévolu ce rôle à la bonne assise dans son fauteuil qui brodait un petit chat sur son canevas ? La bonne qui, en temps normal, n'avait pas une minute à elle ! Cela ressemblait à une manœuvre grossière.

– C'est joli ce que vous faites, lui dit Lucie.

– Je m'occupe les mains. Ce ne sera jamais aussi joli que votre piano, mademoiselle Lucie, vous jouez merveilleusement bien..

Lucie la regarda enfoncer son aiguille dans le canevas. Elle savait qu'elle vendait ses réalisations sur le marché et surtout qu'elle en troquait contre des objets de la vie quotidienne ou de la nourriture pour améliorer l'ordinaire. La débrouille prévalait, même lorsqu'on travaillait pour un grand notable. C'était une question d'honneur de courir après l'argent.

– Une fois Madame Desroselles m'en a acheté un, dit-elle avec fierté.

Lucie savait que sa tante avait remisé le chaton au fond d'un tiroir dans un meuble de la bibliothèque. Il était hors de question d'afficher cette horreur sur les murs de leur demeure.

– Avez-vous remonté tout mon linge ? demanda Lucie.

La bonne fronça les sourcils.

– Tout ce que j'ai mis à sécher, oui mademoiselle. Il vous manque quelque chose ?

– Je ne retrouve pas un de mes pantalons de nuit, en coton blanc avec des coutures dorées, une jolie pièce.

La bonne voyait de quoi mademoiselle lui parlait mais elle ne se rappelait pas l'avoir lavé la dernière fois.

Quant à Lucie, elle était sûre de l'avoir déposé dans le panier de linge sale de sa chambre.

– Je vais vérifier dans la buanderie, lui dit la bonne.

Pendant qu'elle s'affairait, Lucie descendit dans les jardins. Tous les jours, elle refaisait le chemin que Jeanne avait suivi lors de son évasion. La première fois, le terme de fugue convenait. Mais une fois ramenée par son frère au domaine et soi-disant sous bonne garde, le terme d'évasion se prêtait mieux à ce qu'il s'était passé. Il avait fallu à Jeanne de la ruse, une prise de risque et un peu de chance. Elle était simplement sortie par la fenêtre de sa chambre, au premier étage, s'était suspendue à la corniche avant de se laisser tomber au sol. Un saut raisonnable, mais qui aurait pu la blesser si elle s'était mal réceptionnée. Ensuite, elle avait longé le mur du jardin pour se réfugier dans les écuries et gagner la sortie par une porte de service. Jeanne avait disparu en pleine journée et personne n'avait rien perçu, ni le personnel de maison à qui on avait donné consigne de garder un œil sur elle ni le flic à la retraite que monsieur Desroselles soupçonnait d'avoir dormi accoudé à sa guérite ni les chiens retrouvés le ventre plein, amadoués, endormis.

Lucie s'amusait à faire la même chose. Rien n'était plus facile à soudoyer qu'un chien. Tout en les regardant gober le sucre, Lucie réfléchissait à ce qu'elle avait appris chez madame Liénard. L'artiste de rue avec sa fleur rouge à la boutonnière constituait une piste, aussi mince fût-elle. Elle se demandait ce qu'elle pourrait en faire.

– Je ne comprends pas, mademoiselle, lui dit la bonne qui revenait vers elle d'un pas pressé, je n'ai pas retrouvé votre vêtement. Peut-être l'ai-je mélangé par erreur avec du linge appartenant à madame Desroselles ou à d'autres domestiques. Je vais creuser la question.

Elle était désolée d'être prise en faute et voulait se rattraper. Lucie décida d'en profiter.

– J'ai appris le secret de Jeanne, dit-elle sur le ton de la confidence.

La bonne hésita mais elle n'avait pas l'air surprise.

– Je le tiens de Jacques, précisa Lucie.

– De quoi parlez-vous ?

Lucie posa une main sur son ventre. Un geste sans équivoque.

– Vous me mettez mal à l'aise, mademoiselle.

– Rassurez-vous, notre discussion restera entre nous.

– Je ne sais pas grand-chose, soupira la bonne. C'est le docteur Lassalle qui a découvert le pot aux roses. Évidemment, monsieur Desroselles voulait absolument garder le secret, il avait peur que cela porte atteinte à l'honneur de son nom.

– Que voulait-il faire ?

– Il envisageait de mettre Jeanne en pension chez les sœurs, le temps qu'elle porte l'enfant.

Cela constituait une démarche classique dans ce milieu. La pécheresse faisait pénitence jusqu'à l'accouchement et, pour clore l'affaire, le bébé était confié à un orphelinat. La fille revenait alors, fraîche comme la rose, de nouveau prête à quérir un mari. Elle n'était plus vierge, bien sûr, mais il existait des trucs pour que l'homme, lors de la nuit de noces, n'y voie que du feu. Les filles s'échangeaient ce genre d'astuces dès leur entrée dans le secondaire. Lucie avait eu maintes fois ce genre de discussions avec des amies.

– Jeanne a-t-elle expliqué qui était le père ?

– Pas à ma connaissance. Vous savez, Monsieur me donnait la pièce pour la surveiller et cela, depuis sa petite enfance, mais elle était maline. Même dans son journal intime, il n'y avait rien, elle n'écrivait que des choses sans importance. Mais cette question a aggravé la situation. Elle prétendait qu'elle s'en fichait. Que le père pouvait être n'importe qui. Madame Desroselles pleurait toutes les larmes de son corps. Et puis Jeanne a dit qu'elle n'en voulait pas, de ce bébé, parce qu'elle ne voulait pas gâcher sa vie pour aussi peu de chose. Elle trouverait une solution pour le faire passer.

Cette information éclairait l'affaire d'un nouveau jour. Lucie repensa à Madeleine Pelletier. Cette dernière se battait pour que la femme dispose de son corps, en d'autres termes pour la légalisation de l'avortement. Or, elle avait hésité en voyant la photographie de Jeanne. Peut-être la connaissait-elle mieux qu'elle n'avait bien voulu l'admettre. Lucie allait de nouveau tenter sa chance avec elle.

CHAPITRE 16

Liévin, 18 avril 1906

Les mineurs n'avaient jamais autant ressemblé à un peuple de crève-la-faim, marqués par les privations, les os de leur visage perçant sous leur peau cireuse et les yeux enfoncés dans les orbites. Ils avaient un pied dans la tombe et ressemblaient déjà aux morts qu'ils seraient bientôt. Leroy savait que la plupart d'entre eux ne mangeaient qu'une fois par jour. Les plus chanceux avaient réussi à envoyer leurs enfants dans des familles ouvrières loin du bassin afin de consacrer toutes leurs forces à la lutte.

Le secrétaire se rappelait avoir vécu la même chose lors de son enfance. Son père qui travaillait dans le terrassement s'était mis en grève et plusieurs de ses collègues et lui-même avaient accompagné les mômes à la gare, en poussant des chants révolutionnaires. Quand le jeune Leroy était rentré chez lui, au bout de plusieurs semaines, il avait découvert son père allongé dans son lit, à demi mort. Les flics s'étaient acharnés sur lui et il lui avait fallu un mois avant de réussir à se lever, mais il n'avait plus jamais été le même. Son corps le faisait souffrir et il avait boité jusqu'à la fin de sa vie. Nombreux étaient les ouvriers qui portaient les stigmates de la lutte.

La colère montait autour des étals à cause des prix affichés par les commerçants du marché de Liévin. Les grévistes pouvaient à peine s'offrir une brassée de légumes. C'était toujours la même histoire. On se payait sur la bête. Leroy entendit une femme inconsciente se vanter d'acheter de la viande et du pain pour ses enfants, tout le contraire de ces idiots de grévistes. Du boulot à la mine, il y en avait pour les courageux, son mari avait fait quatorze postes la semaine d'avant. Sorgue la regarda avec stupeur, mais avant qu'elle ne réagisse, un gréviste prit par les cheveux la donneuse de leçons et lui tourna la tête vers la foule des visages morts. C'était ce qu'elle disait à ces pauvres malheureux, qu'ils étaient des idiots ? Mais alors, elle, qu'est-ce qu'elle était, au juste, la bonté incarnée ? Dans quel camp se trouvait-elle ? La femme, terrorisée, regrettait amèrement ses paroles. Elle respirait avec difficulté, incapable de reprendre son souffle.

– Tu vas te faire pardonner en chantant *L'Internationale*, cria-t-il.

Tout le monde en connaissait au moins des bribes. Les damnés de la terre. Les forçats de la faim. Debout ! Debout ! La femme entonna le premier couplet. Elle chantait comme une casserole et subissait des moqueries à chaque fois qu'elle s'embrouillait dans les paroles. Sa voix tremblait en parlant du genre humain. Dès le deuxième couplet, elle était à sec, sa mémoire défaillait ; les menaces n'y changeaient rien ; plus un mot ne lui venait.

La situation bascula au moment où un gamin, d'une main baladeuse, chipa une miche de pain sur un étal avant de se fondre dans la foule, se faisant traiter de petit voleur et de graine de voyou. Les insultes enflammèrent les grévistes. Il avait raison, le môme ! À quoi bon s'embarrasser ? Les marchands ne voulaient pas vendre au juste prix ? Eh bien, servons-nous ! Ras-le-bol de crever de faim !

Ils engloutirent tout ce qui leur tombait sous la main, des fromages, des pommes, des carottes, des marmites de soupe qu'ils versaient directement dans leurs gueules. Ils faisaient des stocks, aussi, en réquisitionnant des paquets de farine, des œufs et des bidons de lait, ils auraient la fierté de nourrir leurs femmes car elles avaient beau se prétendre sans appétit, elles maigrissaient à vue d'œil.

Dépassés, les commerçants essayaient de remballer les marchandises. Certains se faisaient rouer de coups pour un morceau de beurre. Ils se recroquevillaient par terre pendant qu'au-dessus de leurs têtes, leurs stands étaient pillés. En un instant, des clients qu'ils tutoyaient depuis des années étaient devenus des ennemis.

Bientôt, les grévistes, malades d'avoir mangé trop vite, s'appuyaient contre les murs, pris d'étourdissement, ou vomissaient car leur estomac était devenu incapable de supporter cet afflux massif d'aliments. Malgré les douleurs, des airs de satisfaction malsaine apparurent sur les visages.

Remontés par leur coup de force, ils se dirigèrent vers Lens en poussant des chants révolutionnaires. Dans le cortège, Leroy aperçut un ouvrier au visage allongé avec qui il avait sympathisé lors de son premier séjour à Courrières.

– Je te reconnais ! s'exclama l'homme. Tu avais repoussé un cheval d'une seule main !

Leroy inclina la tête au souvenir de son instant de gloire. En mars dernier, le jour où les flics avaient arrêté Broutchoux, les dragons avaient dispersé les grévistes. Au cours de la charge, une petite fille était tombée, invisible aux yeux du cavalier qui allait la piétiner mais au dernier moment, le secrétaire avait jeté aux naseaux du cheval une poignée du poivre qu'il gardait toujours dans sa poche pour ce genre d'occasions. Surprise, la bête avait reculé. Leroy en avait profité pour ramasser la fillette et avait eu droit à de belles embrassades de la part de ses parents.

– Tu travailles toujours pour la citoyenne ?

– Elle se trouve quelque part dans le cortège. Nous sommes revenus vous donner un coup de main.

Aussitôt l'homme le prit par le bras.

– Vous n'auriez pas dû, dit-il en baissant le ton. Il paraît que la police s'intéresse à elle.

– Ce n'est pas nouveau. Tous les agitateurs sont sous surveillance.

– Écoute-moi. Je connais quelqu'un à la préfecture de Lens. Clemenceau veut en finir avec la grève. Les agents de la Sûreté préparent un grand coup de filet. Monatte, Dumoulin, tous ceux qui parlent, vont se faire arrêter. Sorgue risque de subir le même sort. C'est la guerre, ici. Les chasseurs à cheval sillonnent les rues et l'infanterie garde les bâtiments officiels. Dès que trois camarades s'arrêtent pour causer, des flics leur ordonnent de se disperser sous peine d'arrestation. Chaque jour, la situation empire. Les affrontements deviennent de plus en plus violents. Il y a des blessés graves, des morts lors des manifestations. On parle d'accidents, on accuse la faim et le désespoir mais c'est aussi l'occasion de régler ses comptes. Tu as entendu parler du meurtre de Simon Metz ?

– J'ai lu que la police avait relâché le suspect. Il y a du nouveau ?

– Moi, je pense qu'on a profité de la situation pour lui faire la peau. Tu sais, Metz, il n'y a pas beaucoup de monde pour le pleurer. C'était une fripouille. Tu le prenais pour un copain mais si tu ne faisais pas gaffe, il t'arnaquait. Ce mec ne pensait qu'à sa gueule. S'il adhérait au syndicat, c'était pour le bénéfice qu'il allait en retirer. De notoriété publique, il foutait la merde partout où il allait : des bagarres, des rapines, des jeunettes qui se sont plaintes d'attentats à la pudeur. Il arrivait toujours à noyer le poisson. Mais le père d'une de ces filles a eu le malheur de clamer haut et fort qu'il le tuerait. Résultat : un mois de cabane, avant d'être mis hors de cause. Si je connaissais l'assassin de Metz, je le féliciterais chaleureusement. Je lui paierais même un coup à boire, au camarade !

Leroy lui tapa dans le dos puis remonta la foule à la recherche de Sorgue pour la prévenir du danger qui la guettait. Il imagina sa réaction, un mélange de peur et de témérité. Il devait tout faire pour la convaincre de quitter le bassin minier.

CHAPITRE 17

Paris, 16 avril 1906

Lucie Desroselles entra sans frapper tel qu'il était indiqué sur la porte et prit place dans la salle d'attente du cabinet aux airs de dispensaire avec sa foule de malades et de souffreteux, de mères, de putains et d'invalides parmi lesquels un vieillard au regard laiteux qui parlait tout seul, arrêtant seulement sa logorrhée pour sourire aux anges. Les chaises paillées datant de l'Empire et les murs tristes agrémentés d'une seule toile, une nature morte aux couleurs cireuses, révélaient les difficultés financières de l'entreprise.

En voyant Lucie, Pelletier fut un instant désarçonnée mais la fit attendre jusqu'au départ du dernier patient.

– Que puis-je pour vous ? lui demanda-t-elle alors.

– Je veux vous parler de Jeanne. J'ai appris que ma cousine était enceinte. Dans une situation pareille, la logique aurait voulu qu'elle vous demande de l'aide, elle m'avait tellement parlé de vous. Vous êtes sûre de ne l'avoir jamais vue ?

– Vous êtes têtue, vous !

– C'est important !

Pelletier se leva et se posta à sa fenêtre où elle observa la rue un moment. Puis elle revint s'asseoir en face de Lucie.

– Regardez sa photographie encore une fois, s'il vous plaît.

– C'est inutile, dit le docteur en soupirant. Jeanne est venue me voir une fois, oui, pour cette raison. Je me souviens d'elle parce qu'elle m'avait fait forte impression. Si je ne vous en ai pas parlé la première fois, c'est que je me méfiais de vous, mais j'ai eu des regrets car j'ai compris la sincérité de votre démarche et la disparition de cette jeune femme me tracasse. Malheureusement, j'ai peur de ne pas vous être d'une grande aide. Nous avons discuté. Elle m'a parlé de sa famille où elle se sentait piégée. C'est tout.

– Elle ne voulait pas garder le bébé.

Pelletier, gênée, resta silencieuse.

– L'idée ne me choque pas. Je veux juste savoir ce qui est arrivé à Jeanne. Dites-moi la vérité, je vous en prie, je ne vais pas vous dénoncer. Aucun agent ne se cache derrière les rideaux, nous ne sommes pas dans une pièce de théâtre.

– Vous ne savez pas de quoi les policiers sont capables, soupira le docteur. Des preuves, quand ils en manquent, ils en fabriquent, et sinon, ils arrachent des aveux. Savez-vous garder un secret ?

– Bien sûr ! s'exclama Lucie.

– Jeanne m'a fait part de cette volonté. Je pouvais lui être utile en lui donnant des adresses mais je lui ai laissé quelques jours pour réfléchir, afin qu'elle mûrisse son choix et n'agisse pas sur un coup de tête. Elle avait l'air déçue. Pour être honnête, je craignais une entourloupe. Seulement, elle n'est jamais revenue et je le regrette, maintenant.

En parlant à demi-mots, Pelletier restait prudente. Elle ne s'impliquait pas au point d'avouer qu'elle aurait conduit elle-même l'avortement.

– Jeanne vous a-t-elle parlé du responsable de son état ?

– Cette question ne rentrait pas en ligne de compte. Elle ne voulait pas gâcher sa vie pour une simple négligence. Vous comprenez ?

– Oui, souffla Lucie d'une petite voix.

– Vous pensez que cette grossesse a un rapport avec sa disparition ?

– Je ne sais pas. En découvrant son secret, ses parents étaient furieux, alors elle s'est enfuie. J'espère qu'elle n'a pas commis un acte désespéré, même si cela ne lui ressemble pas. On aurait retrouvé son corps, non ? Et là, rien !

– Je ne sais pas quoi vous dire de plus.

– J'ai trouvé une piste, s'écria Lucie. Jeanne avait des amis dans le monde ouvrier.

– Vous connaissez leurs noms ?

– Non. Mais l'homme est une espèce de saltimbanque

des rues. Il mime la démarche des passants pour gagner un peu d'argent.

– Vraiment ? À quoi ressemble-t-il ?

– Il porte un costume, un petit melon et une fleur rouge à la boutonnière. Vous le connaissez ?

– Le connaître, non. Mais j'ai déjà vu sévir place de la République un homme dont le portrait correspond.

– Peut-être sait-il des choses sur Jeanne ! Je dois absolument le retrouver.

– J'ai envie de vous aider, Lucie, alors venez avec moi. Vous en profiterez pour faire une bonne action.

Pelletier lui fourra dans les mains une poignée de tracts. C'était la première fois qu'elle lisait pareille littérature, décrivant les chaînes dont la société entravait les femmes : la famille, le mariage, la maternité, le patriarcat. Il n'existait pas d'autre solution que la révolte. Elle fut frappée par la vérité crue de ces mots dans lesquels elle se reconnaissait entièrement.

CHAPITRE 18

Lens, 18 avril 1906

La foule ressemblait à une corde au bord de la rupture, tendue, vibrante et dangereuse. Elle s'amassait maintenant devant les grilles en fer forgé de l'immeuble royal de la Compagnie des mines de Lens, situé rue Édouard-Bolloer. Englué dans le flot, Leroy se frayait difficilement un chemin vers la tête du cortège, sans parvenir à repérer Sorgue. Quand apparut dans le parc de la Compagnie une escouade de dragons équipés pour l'affrontement, les mineurs, contrariés, entrèrent en fureur. Crachats, invectives, jets de pierres. Les briques volèrent par-dessus les grilles aux pointes desquelles il était si facile de s'empaler pour retomber aux pattes des chevaux.

Puis la foule changea d'idée. En corps ivre et titubant, traînant avec elle des chariots remplis de projectiles, elle se rendit au bout de la rue, devant la demeure du directeur des mines, Élie Reumaux, adoré des actionnaires pour ses innovations techniques. Aux premiers jours de la catastrophe, ce bon notable avait décidé d'inverser l'aérage afin d'éteindre l'incendie et de préserver le charbon, asphyxiant les mineurs prisonniers au fond, et que les députés l'aient innocenté lors de leur commission d'enquête ne changeait rien à l'affaire. Lors des obsèques collectives, cette ordure s'essuyait les yeux avec un mouchoir blanc immaculé, tandis qu'Émile Basly, le député-maire de Lens, déblatérait sur la fatalité qui avait emporté les camarades.

Reumaux vivait dans un château dont l'entrée était protégée par quatre gendarmes, mais les mineurs repérèrent tout de suite les failles au niveau des dépendances. Tel un aristocrate, le directeur des mines régnait sur un petit village de granges, d'écuries, d'ateliers et de cottages où vivaient les domestiques. Les manifestants abattirent les grilles à coups de masse. Peu tentés par l'idée de finir battus à mort, les gendarmes se réfugièrent dans le bâtiment principal alors que les barbares couraient dans les jardins à la française en saccageant les pelouses et en renversant les statues de plâtre de style antique. La belle double porte en bois du château fut détruite en moins de deux. Les ouvriers s'introduisirent dans le bâtiment en hurlant mais il n'y avait plus personne. Les policiers s'étaient enfuis par l'arrière en emmenant avec eux la femme de Remaux. Le grand homme, lui, se trouvait à Paris pour assister à la commission du Comité central des houillères.

Leroy voyait les meubles transformés en petit bois et

l'argenterie qu'on se refilait de main en main. Il imaginait dans des logements infâmes des couverts en argent suspendus au mur comme des trophées, qui se transmettraient de génération en génération, en symbole des hauts faits de grève de la famille. Regardez, les enfants, ce qu'on a repris à l'exploiteur des mines ! Voici le couvert avec lequel la femme du directeur mangeait des huîtres ! Et la coupe dans laquelle elle buvait son champagne ! Et le ruban que leur gamine mettait dans ses cheveux !

Devant le château, stationnait une petite voiture décapotable pour dame, une Victoria avec sa belle ligne, son bois peint et sa capote outremer. Les mineurs l'emportèrent dans la rue pour compléter le cortège des brouettes et des chariots. Des enfants grimpés dessus brandissaient à l'envers, comme des épées, des crucifix dérobés chez Reumaux. Ils imaginaient enfoncer leur arme dans la poitrine de ce tueur d'ouvriers. Ça aurait fait une belle photo dans le journal, ce grand notable, pendu au lampadaire devant chez lui.

Un peu plus loin, sur un pont enjambant la rue principale, Leroy aperçut Sorgue qui encourageait les révoltés de la voix et du geste. De chaque côté de l'édifice, des hommes dressaient des barricades en déversant le contenu de leurs chariots, briques, planches, débris métalliques et tendaient des fils de fer barbelés à hauteur de poitrine pour contrer les chevaux.

– Mettez-vous à l'abri, derrière le parapet, lui cria-t-il.

Il courut la rejoindre et s'assit à côté d'elle. La situation était critique. Les révoltés, qui voulaient en découdre, mirent le feu aux barricades, obsédés par l'idée de repousser les dragons s'avançant en contrebas. Il pleuvait des blocs de pierre. Les cavaliers peinaient à calmer les chevaux paniqués. Un gradé reconnaissable à son casque orné d'un plumet rouge et d'une crinière noire donna des ordres en désignant le pont et les soldats s'apprêtaient à lancer la charge quand un pavé tomba net sur le visage d'un dragon. L'homme lâcha les brides de son cheval et tomba à la renverse, sans se faire désarçonner car ses bottes prises dans les étriers le maintenaient en selle. Un de ses collègues attrapa le cheval par la bride et le conduisit à l'écart, loin de la grêle de pierres.

Derrière les panaches de fumée noire, Leroy distingua les militaires qui mettaient un genou à terre et épaulaient leur fusil Lebel. Un officier lança les premières sommations. Les soldats tirèrent dans le ciel. Les ouvriers, un instant circonspects, abandonnèrent la partie. Pas envie de se faire tuer. Ils firent des gestes avec leurs bras pour montrer qu'ils cessaient les hostilités et traversèrent le pont pour gagner la rue de l'autre côté de la gare, se comportant en un instant comme des citoyens lambda.

En passant devant les gendarmes, Leroy crut qu'ils allaient se faire arrêter, mais rien ne se produisit, les militaires avaient reçu l'ordre de calmer le jeu.

– Les nouvelles sont mauvaises, dit-il à Sorgue, la police s'intéresse à vous.

– C'est-à-dire ? demanda-t-elle, échevelée, le front en sueur, le visage marqué par l'épuisement.

– Un coup de filet se prépare contre les meneurs syndicaux. Vous faites partie de la liste.

– Il faut qu'on parte, Leroy, s'écria-t-elle. Tout de suite ! Qu'on prenne le premier train ! Je ne leur laisserai pas l'occasion de me piéger.

Mais il était trop tard. Devant l'hôtel les attendaient un policier et une escorte de militaires. Leroy avait déjà rencontré ce responsable de la Sûreté, en poste à Béthune. En les voyant, ils s'approchèrent d'eux. Le secrétaire se retourna. D'autres soldats venaient à leur rencontre. Ils étaient faits comme des rats.

– Antoinette Durand, vous êtes en état d'arrestation, dit le flic d'une voix forte, prenant toute la rue à témoin.

– Et pour quelle raison, s'il vous plaît ? osa-t-elle répliquer, furieuse.

– Les charges sont nombreuses. Activité révolutionnaire. Organisation de troubles à l'ordre public. Sédition. Complot contre l'État.

– Rien que ça ! Vous délirez. Laissez-moi tranquille !

Leroy craignit un instant qu'elle leur crache au visage ou pire, qu'elle pointe sur eux un pistolet mais il croisa son regard et vit qu'elle n'en menait pas large.

– Préviens les copains, à Paris, lui dit Sorgue. C'est un coup monté pour décapiter le mouvement.

Le policier de la Sûreté laissa échapper un sourire ironique, comme s'il se réjouissait d'une blague connue de lui seul, avant de se reprendre. Sorgue, percevant cette réaction, se figea. Il y avait un problème. Pourquoi les militaires ne se jetaient-ils pas sur Leroy ? Connaissant sa fonction à ses côtés, ils auraient dû lui accorder beaucoup plus d'attention. Ce n'était pas normal. Le secrétaire sentit le ciel lui dégringoler sur la tête. Sorgue ne le quittait pas des yeux. Elle se remémorait les événements récents, tout ce qu'il s'était produit depuis l'entrée de Leroy à son service, les colis de tracts évaporés, les descentes de police dans des lieux tenus secrets, les seconds couteaux jetés en prison, les grèves avortées car les meneurs subitement jetaient l'éponge, tous les petits grains de sable qui avaient enrayé la machine révolutionnaire. La vérité la sonna ! Un traître ! Elle avait embauché un traître, une sale engeance de flic ! Et puis les événements de Roquefort. Elle comprenait maintenant pourquoi il était sorti aussi facilement de la gendarmerie – un coup de téléphone du juge à la préfecture et le tour était joué. Comme elle devait regretter de lui avoir sauvé la vie !

Leroy pensait que Sorgue, en découvrant l'étendue de la trahison, lui aurait balancé des mots orduriers, des menaces de mort. Il croyait qu'elle aurait poussé des hurlements de rage mais elle se contenta de le regarder avec colère, mépris et dégoût d'elle-même à l'idée d'avoir dévoilé son intimité à la police. Quelle honte de n'avoir rien vu ! Quelle humiliation de s'être laissé prendre au piège d'un beau parleur !

Des militaires encadraient la citoyenne en la tenant fermement par les bras. Ils l'enfermèrent dans un fourgon pour la conduire au commissariat. Quand elle disparut de sa vue, Leroy put respirer de nouveau. Après tous les efforts qu'il avait consentis, il n'aurait jamais imaginé que sa mission se termine aussi abruptement. Sortir de son rôle lui faisait un mal de chien.

CHAPITRE 19

Paris, 18 avril 1906

Depuis trois jours, Lucie distribuait des tracts devant le lion noir de la République. Le mime ne donnait pas signe de vie mais la jeune fille prenait goût à la propagande. Au début, elle manquait d'assurance et se rendit vite compte que ses hésitations lui revenaient en pleine figure. Si elle tendait son papier d'une main timide, personne n'en voulait. Elle écouta avec la plus grande attention les conseils de Pelletier. Il fallait que ses gestes et ses mots aient la couleur de l'évidence. Qu'elle trouve une accroche.

Un homme du peuple s'arrêta devant elle, plus attiré par le joli morceau de fille que par les revendications.

– Pour le vote des femmes ! s'exclama-t-elle.

Il ricana.

– Et pour qui voteriez-vous, mon enfant ?

Prise au dépourvu, Lucie ne sut quoi lui répondre. De fait, elle ne s'était jamais posé la question.

– Vous voyez, vous accorder le droit de vote serait une erreur. Vous ne sauriez pas quoi en faire. Les curés vous souffleraient à qui accorder votre voix, ce qui ferait la victoire éternelle des réactionnaires. Remarquez, cela précipiterait peut-être le grand chambardement.

Il reprenait la fameuse tirade de Clemenceau à propos de l'emprise des prêtres sur les femmes. Tous les hommes s'accordaient pour les garder en bas de l'échelle, même les révolutionnaires qui voulaient changer le monde, sauf une chose, immuable : que les femmes restent à leur place. Ils étaient vraiment irrécupérables.

– Le Grand Soir aura lieu quand les femmes seront libres, lui rétorqua Lucie.

Pelletier lui lança un regard appréciateur. La gamine apprenait vite à clouer le bec aux râleurs. Elle ferait une merveilleuse recrue dans le combat pour l'égalité. Puis, du côté de la place jouxtant le boulevard Magenta, une scène attira son attention.

– Lucie ! dit-elle soudain. Regardez.

D'un mouvement de tête elle lui désigna un homme en costume gris qui s'amusait à singer la démarche des passants. Il portait un petit melon usé jusqu'à la corde ainsi qu'une veste aux tons fades sur laquelle une églantine rouge éclatait de couleur. En un clin d'œil, il assimilait et recrachait l'essence d'un personnage. Qui que l'on soit, un prolétaire défoncé par la vie, une commerçante tordant la bouche en cul de poule ou un bourgeois satisfait, on en prenait pour son grade en se voyant affligé d'un double l'espace d'un instant, car le reflet que l'on voyait n'était jamais celui désiré.

Après trois ou quatre imitations, le mime tendit sa coupelle à la foule pour obtenir sa rétribution. Les ouvriers mettaient la main à la poche, par esprit de solidarité. L'homme se livra à une petite mimique en regardant le contenu. Qu'allait-il acheter avec ça ? Des escargots ? Un bout de pain ? Un morceau de brie pour sa douce ? Une tasse de café ? Une chose était sûre, il n'allait pas beaucoup engraisser. Pour clore le spectacle, il fit mine de jeter les piécettes dans une fontaine à vœux, mais, pas fou, les garda au fond de son poing.

Puis, d'un seul coup, l'artiste en lui disparut pour laisser place à un homme au visage triste qui fourra dans sa poche le simulacre d'églantine. Il baissa la tête en croisant une patrouille de police, jouant à la perfection le rôle de l'honnête fils du peuple assoiffé de paix, absorbé dans des pensées liées à son travail et aux tracas du budget familial.

– Nous sommes vraiment en train de le suivre ? souffla Lucie.

– Laissez-moi faire, lui répondit Pelletier.

Elle prenait les choses en main et cela convenait très bien à la jeune fille qui, une fois sortie du boulevard Voltaire, s'enfonça dans des quartiers qu'elle n'aurait jamais osé arpenter seule. Des grappes d'hommes parlaient fort en se poussant et se menaçaient pour rire. Les femmes agissaient de même en utilisant des grossièretés comme des marques d'affection réciproque. Cette vulgarité lui faisait horreur.

Le mime se dirigea vers un bistrot noir de monde, Le Caveau, dont les clients entraient et sortaient en flots croisés incessants. Ils débordaient sur le trottoir en buvant au goulot des bouteilles de rouge. L'ivresse était un sport populaire. Des couples pressés de trouver un recoin sombre s'échappaient en riant. À l'intérieur, un orchestre jouait une musique assourdissante sur laquelle un chanteur braillait des paroles à s'en casser la voix.

Lucie, qui n'avait jamais vu un endroit pareil, n'était pas au bout de ses surprises. Poussée par la curiosité, elle surmonta la puanteur de la foule et regarda par une fenêtre : les gens dansaient, bien que le mot fût mal choisi. En réalité, sur la piste, les hommes se bousculaient et parfois même se donnaient des coups, les acceptant de bonne grâce et les rendant avec joie. Les femmes tournoyaient comme des poupées, passant d'une étreinte à une autre, embrassées au passage, pincées, léchées, se retenant pour éviter la chute à ce qui leur tombait sous la main de mâle. Les bras musclés et les cous de taureaux connaissaient un beau succès. C'était une fête ? s'horrifia Lucie. Il devait se produire des accidents où les gens mouraient piétinés !

Dehors, le mime avança vers une femme à la main enveloppée dans un bandage de fortune, noir de crasse. Debout contre le mur qui la tenait, le regard trouble, elle tanguait bizarrement. Il l'enlaça et couvrit son visage de baisers. Elle essaya de détacher les mains de l'homme de ses épaules. Son visage se détournait comme si elle ne supportait pas sa présence. Décontenancé par sa froideur, il resta planté sur ses pieds, tout bête. Elle lui dit quelques mots très sèchement.

– Cette nuit, Suz', répondit-il. Je te jure. On y va cette nuit.

Soudain, à la grande horreur de Lucie, la femme se mit à vomir. Ça sortait de sa bouche à gros jets, du liquide rouge, fermenté, des odeurs de sucs gastriques. Des gens passaient sans se soucier du spectacle. Les jambes de la femme se dérobèrent sous elle. En tombant, sa tête cogna contre le sol. Elle se mit à quatre pattes et finit de rendre le contenu de son estomac, c'est-à-dire pas grand chose, encore du liquide et à la fin, de la bile noire dont l'odeur d'égout écœura Lucie, puis elle s'allongea de tout son long sur le sol.

– T'en tiens une bonne, encore une fois ! lui reprocha le mime.

Il s'agenouilla à ses côtés, la secoua et, puisqu'elle ne répondait pas, lui donna des claques sur les joues.

– Oh, Suzanne ? Suzanne !

– Je suis médecin, dit Madeleine Pelletier qui s'agenouilla près de la femme, laissez-moi faire.

Elle la tourna sur le côté et souleva sa tête pour lui faciliter la respiration. Ses yeux papillotaient. Elle reprenait déjà connaissance après la purge.

– Vous êtes médecin, vous ? demanda le mime, incrédule, détaillant Pelletier de haut en bas.

– C'est Madeleine Pelletier, dit la femme d'une voix pâteuse, surprenant tout le monde qu'elle fût en état de parler et de reconnaître quiconque.

– Tu la connais, Suz' ?

– Elle défend les femmes, dit-elle avant d'éclater de rire comme si c'était la chose la plus drôle qu'elle ait dite de sa vie.

– Merci, madame, dit-il respectueusement, le chapeau à la main, mais en la dévisageant toujours, intrigué par son apparence.

– Comment vous sentez-vous ? demanda Pelletier.

– Retournée comme un gant, vidée de l'intérieur.

Lucie n'en crut pas ses yeux. En disant cela, la femme souriait, comme si cette déchéance lui apportait une profonde satisfaction.

– Que vous est-il arrivé à la main ? demanda Pelletier.

– Une morsure de chien.

– Votre bandage ne m'inspire pas confiance. J'aimerais vous examiner à mon cabinet.

– Laissez tomber, je n'ai pas d'argent.

– Ce n'est pas un problème. Il m'arrive souvent de faire des consultations gratuites.

– Dans la vie, il n'y a rien de gratuit, répliqua-t-elle sur le ton docte des ivrognes.

Pelletier lui donna sa carte. L'adresse du cabinet était écrite dessus.

– Depuis combien de temps n'avez-vous pas vu un médecin ?

– Je ne m'en souviens pas.

– C'est une bonne idée, ça, Suzanne, dit le mime. J'ai regardé la plaie ce matin, elle n'était pas jolie.

– Ce n'est pas aujourd'hui que ça s'est arrangé ! répliqua-t-elle mystérieusement.

Le mime lui jeta un regard circonspect et lui tendit le bras.

– Viens, Suz', lui dit-il, tu as besoin de dormir, ma cocotte.

Puis, se tournant vers Pelletier :

– Elle viendra, madame, je vous le promets.

Ils s'éloignèrent tous les deux. La femme fredonnait une chanson où le mot cocotte revenait à plusieurs reprises, une de ces berceuses à double sens, peut-être. Lucie voulut parler, mais Pelletier l'en empêcha en lui posant une main sur le bras.

– Pourquoi ne pas leur avoir posé de questions sur Jeanne ? demanda Lucie à Pelletier quand le couple eut disparu au coin de la rue.

– Ce n'était pas le moment de les effaroucher. Mais ne vous inquiétez pas, ils ont mordu à l'hameçon. Je parie qu'ils viendront me voir rapport à la blessure. Et puis, j'ai une autre cartouche. J'ai déjà vu cette femme. Place de la République, elle aussi. Tous les jours, des couturières occupent les lieux, assises à même le sol et cousent leurs rubans. Elles se font évacuer par les policiers qui, au passage, en profitent pour piétiner leur matériel. Suzanne fait partie de ce groupe. Elle a essayé de me vendre un ruban une fois, avec tant d'insistance que je le lui en ai acheté un. Je ne savais pas qu'elle connaissait mon nom.

CHAPITRE 20

Lens, 18 avril 1906

– En arrêtant Sorgue, à ce moment-là, vous fichez en l'air le plan mis au point par la préfecture, dit Leroy. Pierre Monatte, j'aurais compris. Son influence sur les mineurs s'avère déterminante. Mais Sorgue ? En quoi serait-elle un gros gibier ? Les mineurs l'aiment bien mais la trouvent folklorique. En l'arrêtant, nous nous privons de renseignements de première importance. La vie continuera après le premier mai. Sorgue parcourt la France pour soutenir les mouvements de grève. Elle participe à un grand nombre de congrès syndicaux et politiques et surtout aux réunions non officielles où sont décidées les grèves et les actions directes. Nous nous privons donc d'une place aux premières loges.

– Les ordres sont venus d'en haut, monsieur Leroy, directement de la préfecture de police de Paris. D'ailleurs, vous devez vous y rendre dans les meilleurs délais. Quant à Monatte, ne vous inquiétez pas pour lui, son tour viendra. L'arrestation de Sorgue fait partie d'un plan plus vaste qui consiste à discréditer le mouvement. Cette femme m'étonne. Je m'attendais à ce qu'elle pousse une de ses colères légendaires ou qu'elle s'effondre en découvrant votre duplicité, mais elle tient le coup.

Leroy se dit qu'elle ressassait les événements passés, les doutes qu'elle avait eus. L'idée d'une trahison lui avait peut-être traversé l'esprit, sans qu'elle s'y attarde, mettant ce soupçon sur le compte de sa méfiance excessive.

Sans doute maintenant s'attendait-elle à ce qu'il révèle la vérité à propos de la mort du contremaître. Mais il avait gardé cette histoire secrète et ne comptait pas revenir sur sa position. Au début de sa mission d'infiltration, il éprouvait envers Sorgue un mélange de dégoût et de curiosité et s'était glissé avec zèle dans son personnage d'homme à tout faire, pétri de conviction, la révolution chevillée au corps. Une métamorphose parfaite. C'était le rôle de sa vie. À force de la fréquenter, il pouvait anticiper ses réactions, réciter ses aphorismes préférés et même terminer ses phrases avant elle. Il avait vu les émotions la traverser, pitié, colère ou mélancolie, la joie plus rarement, le bonheur, jamais. Surtout, il avait découvert sa force. Il avait admiré son énergie. D'ailleurs, il avait toujours eu un faible pour les femmes de caractère capables de faire des étincelles. Bref, il s'était passé quelque chose en lui qu'il n'avait pas compris sur le coup.

– Un de mes hommes mène son interrogatoire en ce moment-même, ajouta l'officier. Nous verrons bien ce qu'il en tire. J'ai envie de vous poser une question, Leroy. Je suis curieux de savoir ce qui vous a poussé à jouer ce rôle.

– Je travaillais à la préfecture de police de Paris, dans un groupe lié à la Sûreté où j'analysais les rapports des commissaires spéciaux. L'idée de cette mission d'infiltration auprès de Sorgue vient de moi. C'est justement parce que cette bourgeoise sans aucune carrure intellectuelle se pique de révolution que cela pouvait marcher. Elle ne marquera pas les esprits. L'Histoire aura vite fait de l'oublier.

– Sorgue est mariée. Que pense son mari de votre présence aux côtés de sa femme ?

– Je ne l'ai rencontrée qu'une fois. Il réside en Belgique où il travaille pour son journal.

– Une seule fois ?

– Ils vivent une forme d'union libre, vous comprenez ? Ils se voient rarement.

L'officier grimaça, choqué de sa réponse. Leroy garda pour lui le fait que le mari de Sorgue s'était réfugié à l'étranger pour échapper aux lois scélérates.

– Depuis le temps que vous la fréquentez, vous devez la connaître… intimement ?

Leroy esquissa un sourire entendu. L'officier s'adonnait au grand classique de la virilité complice.

– Vous vous demandez ce que donne au lit une femme comme elle ? C'est de la dynamite ! Je ne vous dis pas dans quel état je me retrouve au petit matin.

L'homme rit de bon cœur, heureux qu'une femme soit

dupée à ce point. Leroy lui raconta quelques anecdotes où Sorgue était le dindon de la farce. Soudain, des coups retentirent contre la porte du bureau. Le policier qui se présenta venait d'interroger la citoyenne. Ses yeux brillaient. Il était excité parce qu'il tenait quelque chose.

– Je peux vous parler, chef, à propos de Sorgue ? dit-il en jetant un coup d'œil à Leroy.

– Cet homme travaille pour la préfecture de police de Paris en tant qu'agent de renseignement, dit l'officier. Il est des nôtres.

La formulation n'était pas anodine. L'homme mésestimait les policiers qui faisaient leur travail en se faisant passer pour ce qu'ils n'étaient pas. Cette image des forces de l'ordre ne correspondait pas à son imaginaire ; la tromperie manquait d'honneur.

– En examinant les objets que Sorgue transporte avec elle, j'ai trouvé quelque chose d'intéressant. Sa valise contient un lot de mouchoirs marqués aux initiales de son père. J.-P. D. G., Joseph-Pierre Durand de Gros.

Leroy écoutait avec attention. Sorgue lui avait raconté l'histoire de ces mouchoirs. Elle les avait commandés à une petite couturière de Rodez pour les offrir en cadeau à son cher papa, sans la particule qu'elle trouvait superfétatoire et donc, de l'inscrire partout, du pire mauvais goût. Elle les gardait en souvenir de son père.

– Nous en avons retrouvé un semblable sur les lieux du meurtre de Simon Metz, poursuivit l'agent. Mêmes initiales. Même liseré doré. Ce mouchoir, d'un certain standing, ne ressemble pas aux chiffons dégueulasses dans lesquels les mineurs ont l'habitude de se moucher.

– Vous le lui avez présenté ? demanda l'officier, intrigué par l'information.

– Je m'en suis gardé pour l'instant. Mais elle a reconnu sans difficulté que ceux de la valise lui appartenaient.

Leroy réfléchissait à ce qu'il venait d'apprendre. Il avait fait part à Sorgue d'une information tirée d'un journal où il était question de Simon Metz. À son souvenir, elle avait réagi avec curiosité et il n'avait pas poussé plus loin. Mais à bien y réfléchir, il se demandait si elle n'avait pas répondu avec de la tension dans sa voix.

– Quand a eu lieu le meurtre de Simon Metz ? demanda-t-il.

– Ah, mais vous pouvez nous aider, Leroy. C'était dans la nuit du 20 mars. Tout le monde se rappelle cette date, à Lens, puisque c'était le jour de l'arrestation de Benoît Broutchoux.

Leroy réfléchit à toute vitesse. Ce jour-là, dans un désordre indescriptible, le leader anarcho-syndicaliste s'était fait arrêter devant la mairie de Lens. Le soir même, la citoyenne Sorgue et Pierre Monatte appelaient les mineurs à se rendre en cortège à Béthune afin de réclamer la libération de leur ami. Ensuite, leurs chemins s'étaient séparés. Leroy avait participé à un blocage des trains transportant les ouvriers de remplacement des grévistes tandis que Sorgue avait visité un coron durement touché par la catastrophe. Quand il était rentré au petit matin, il l'avait trouvée encore debout, blême et elle donnait l'impression de ne pas avoir dormi de la nuit. Elle lui avait raconté, sous le choc, que des pauvres femmes se jetaient par terre et s'arrachaient les cheveux. Le souvenir le fit douter. Échevelée, de la saleté sur ses vêtements, les mains noires de la poussière de charbon qui imprégnait ses vêtements, Sorgue aurait pu faire une mauvaise rencontre.

– Je ne l'ai pas accompagnée cette nuit-là parce que je m'étais infiltré dans un groupe de saboteurs. Mes renseignements ont permis, d'ailleurs, d'arrêter les meneurs. Mais si j'avais eu le moindre doute, je l'aurais inscrit dans mes rapports.

– Où était-elle ?

– Dans le coron de Sallaumines pour réconforter les victimes.

– Simon Metz s'est fait tuer à un endroit de la ville qui se situe entre Sallaumines et l'hôtel où vous logiez avec Sorgue, dit le policier.

Ça sentait mauvais pour la citoyenne.

– Je ne sais pas grand chose sur cette affaire à part ce que j'ai lu dans les journaux, dit Leroy. Un mineur haï de tous tué d'une balle dans le dos. La présence d'un couteau ayant récemment servi. Pas de blessure à l'arme blanche sur la victime. Un suspect innocenté.

– Oui, vous résumez bien la situation. C'est vrai que tout le monde détestait Simon Metz. J'entends constamment que le coupable est plus à féliciter qu'à blâmer. Nous croyions tenir le bon bout avec un de ses ennemis revendiqués, un père de famille dont la fille aurait été violée par Simon Metz mais comme nous n'avons que le témoignage de la petite, ça ne tient pas. De toute façon, le légiste affirme que la plaie au bras du suspect n'a pas pu être commise par l'arme retrouvé sur les lieux. À ce propos, Sorgue a-t-elle souffert d'une blessure à ce moment-là ?

– Honnêtement, si la plaie était superficielle, elle aurait pu me la cacher. Mais j'aurais tout de suite découvert une entaille plus sérieuse.

– De toute façon, Sorgue se retrouve impliquée par la présence de son mouchoir sur les lieux du crime. Il était imbibé de sang, comme s'il avait servi à compresser une plaie. Elle peut craquer lors de l'interrogatoire. En attendant, nous avons d'autres aspects matériels à vérifier. L'idéal serait de retrouver l'arme du crime si par le plus grand des hasards elle ne gît pas au fond d'un lac. Malheureusement, les valises de la citoyenne n'en contiennent pas.

Leroy afficha un air de regret. Il savait très bien où se trouvait le pistolet de Sorgue, puisqu'il le portait dans sa veste depuis qu'il le lui avait ôté des mains sur le plateau. Mais il préféra garder cette information secrète. Pas question de trahir la citoyenne une nouvelle fois.

– Cela vous intéresse d'examiner nos pièces à conviction ? demanda le policier.

Leroy hocha la tête, absolument ravi.

CHAPITRE 21

Paris, 18 avril 1906

Ils avaient franchi le mur pour atterrir dans la cour arrière de l'atelier dont ils avaient crocheté la serrure, un jeu d'enfant, surtout depuis que le chien Grégoire, ad patres, ne mordait plus les jarrets des voleurs. Une fois à l'intérieur, la puissance des forges, bien qu'elles fussent en sommeil, leur tomba dessus, lourde et sèche. Ils évoluaient dans une gangue de chaleur.

– Vas-y, fais-toi plaisir, dit Albert en lui désignant le meuble. C'est ce que je ferais, moi, à ta place, je laisserais un souvenir.

François sauta sur le bureau du patron, baissa son pantalon jusqu'aux chevilles et essaya de chier mais ça ne venait pas. Le ventre avait ses pudeurs. À côté, méthodiquement, Albert renversait sur le sol les contenus des tiroirs. C'eût été trop bête d'en oublier un ; lui aussi éprouvait la fierté du travail bien fait.

– Où est-ce qu'il met la caisse ?

– Sais pas. Si ça se trouve, il l'emmène chez lui.

Albert observa les feux en sommeil dans les âtres, les enclumes, les chariots remplis de blocs métalliques que les ouvriers fondaient sur place. Muni d'une lampe, il partit fouiner un peu plus loin. Un atelier était l'endroit idéal pour se livrer à des rapines. On pouvait faire fortune rien qu'en revendant des outils sous le manteau.

François profita du départ du rouquin pour se reculotter. Si ça ne venait pas, il n'allait pas se forcer. Un jour de constipation, il avait poussé si fort que du sang avait jailli de son nez. Pas la peine d'aller si loin, surtout en cette occasion. En réalité, il avait envie de rentrer chez lui. Au départ, l'idée de rendre justice au môme défiguré lui avait paru évidente. Selon les médecins, le pauvre diable garderait des marques toute sa vie. Une cicatrice lui boufferait le visage. Quelle sale gueule il allait se traîner ! Si Albert et lui trouvaient un peu d'argent, ils lui en donneraient une partie, le gamin avait bien mérité un petit dédommagement.

À côté de cela, Suzanne lui avait fait la gueule tout le temps qu'ils étaient restés à l'hôpital. Elle lui reprochait sa passivité, et plus il attendait que sa mauvaise humeur passe, plus elle devenait hargneuse et vulgaire : son mari n'avait rien d'un homme, elle savait depuis longtemps qu'il manquait de couilles, il croyait gagner sa vie avec ses petites imitations minables alors que, depuis longtemps, il ne faisait plus rire quiconque. C'était elle qui se sacrifiait, comme toujours, mais qui s'en rendait compte ? Personne !

Il s'était écrasé en lui promettant de rattraper le coup, sans savoir ce qu'il mettait exactement derrière ces mots. Un coup d'éclat, peut-être, pour restaurer son honneur. Alors, il avait sauté sur l'idée d'une visite nocturne à l'atelier. Et maintenant qu'il se trouvait sur place, il ne comprenait plus ce qu'il faisait là. C'était étrange qu'il ait toujours un temps de retard et reproduise en permanence les mêmes erreurs. Un bruit de tôle l'arracha à ses pensées.

– Regarde ce que j'ai trouvé ! dit Albert en faisant rouler devant lui un bidon métallique. Pétrole !

Comme s'il avait dit : champagne ! François ferma les yeux, accablé par l'idée des événements à venir. Le rouquin ouvrit le bidon et laissa le liquide se déverser sur le sol. Les vapeurs emplirent les narines du mime qui sentit ses cheveux se dresser sur la tête.

– Amène du bois, dit Albert.

François agit comme un automate, empilant des palettes au-dessus de la flaque qui continuait à grandir et brillait, bleue et noire, dans les reflets des lampes. Puis les deux hommes se replièrent dans l'arrière-cour en traçant une ligne du combustible. Albert jeta le bidon sur le côté dans un bruit de tôle, sortit une pochette des fameuses allumettes anglaises qui s'enflammaient grattées sur n'importe quelle surface et en tint une suspendue au dessus de la flaque de pétrole avant d'écarter les doigts. La minuscule flamme tomba doucement et dès qu'elle toucha le sol, le liquide s'embrasa et la nuit devint un jour jaune.

Sur le visage d'Albert apparut un sourire extatique. Il avait toujours éprouvé la joie du feu. Avec un coup dans le nez, il racontait la catastrophe du métro de Ménilmontant, connue de tous les Parisiens, quand un wagon en bois avait pris feu à cause d'un court-circuit. Le chef de train avait mené l'engin jusqu'à la station mais les passagers présents sur les quais avaient encaissé les flammes et la fumée de plein fouet. Des dizaines de personnes étaient mortes. Albert s'était mêlé à la foule attendant la remontée des corps et le parfum de la désolation lui avait laissé un souvenir inoubliable.

Les deux hommes se sauvèrent, laissant derrière eux des cris d'effroi et des appels au secours, pour se réfugier à quelques rues de là où ils plongèrent leurs mains dans l'eau de l'Ourcq afin de se laver de l'odeur du pétrole. Albert, déçu de manquer le spectacle, pestait et tournait en rond de frustration.

– Oh, et puis merde !

Ils retournèrent sur les lieux de l'incendie en se faisant passer pour des curieux. L'atelier brûlait comme du petit bois. Les flammes immenses perçaient le toit. Les commentaires allaient bon train. L'odeur d'essence laissait penser à un incendie criminel. Heureusement qu'il n'y avait pas de logements au-dessus de l'atelier, les habitants y auraient laissé leur peau ! Quand le patron arriva sur place, il hurla de désespoir en voyant son entreprise ravagée par le feu.

Soudain, une déflagration énorme emplit toute la rue. Les vitres des maisons voisines explosèrent en milliers d'éclats. Les témoins furent jetés au sol. François n'entendait plus rien. Ses oreilles sifflaient. Albert lui parlait mais il ne comprenait pas un mot de ce que son ami lui disait. En s'éloignant, le rouquin tournait la tête derrière lui, se repaissant jusqu'au dernier instant du spectacle des flammes. Il ouvrait grand les yeux, un sourire extatique sur le visage. François avait déjà vu des prêtres, lors de processions, avec cet air bizarre sur la gueule, celui de la révélation.

CHAPITRE 22

Lens, 18 avril 1906

Des caisses innombrables s'empilaient sur les étagères. Le policier en rapporta une sur la table avant d'enfiler des gants pour ne pas abîmer les dactylogrammes. Il montra à Leroy un couteau fait d'un manche en bois et d'une lame épaisse tachée de sang couleur rouille.

– Plusieurs témoins affirment que cette arme appartenait à Simon Metz. On suppose qu'il s'en est servi contre son agresseur. Sorgue passera un examen médical pour détecter une blessure récente. Sur les lieux du crime, nous avons trouvé aussi des tracts, regardez : Du pain ou du sang, en lettres noires sur fond rouge, suivi des revendications habituelles. Difficile d'identifier quelqu'un à partir de ces bouts de papier ; ces papillons, tous les mineurs en avaient dans les poches. Mais voici l'objet qui nous intéresse.

Il déplia sur la table un carré de tissu blanc, taché de sang, sur lequel restaient visibles les initiales brodées.

– Aucun doute, ce mouchoir appartient à Sorgue, reconnut Leroy. Je serais curieux de connaître son explication.

– Pourrait-il s'agir d'un règlement de comptes ?

– Pour ma part, je n'ai pas connaissance d'un lien entre la citoyenne et Simon Metz. J'ignorais l'existence de cet homme avant qu'il se fasse tuer et Sorgue ne m'en a jamais parlé.

– Simon Metz a longtemps vécu à Paris, où la citoyenne se rend de façon régulière, mais la corrélation est bien faible. L'hypothèse d'une rencontre fortuite tient la corde. Simon Metz a plusieurs fois été suspecté d'attentats à la pudeur. Ce soir-là, il tombe sur Sorgue et décide de la violer. La citoyenne, qui n'a pas la réputation de se laisser faire, dégaine son arme et tire.

– En se défendant, elle réussit à atteindre la victime dans le dos ? demanda Leroy, peu convaincu.

– C'est sans doute plus compliqué, dit l'homme en haussant les épaules. Surtout avec la présence du couteau. On revient au point de départ : l'implication d'une tierce personne dans ce crime.

Leroy approuva. Qu'un autre individu soit mêlé à cette affaire l'arrangeait, car apparaissait clairement la volonté de la police de faire endosser le meurtre à la citoyenne.

– Je voudrais consulter le dossier de Simon Metz.

– Bien sûr. Nous avons deux caisses pleines de documents, dont une copie de sa fiche provenant du sommier parisien.

Une fois seul, Leroy examina le dossier de Simon Metz. L'homme était un solitaire, sans famille ni relations connues. Il logeait sur la route de Béthune, du côté de Loos-en-Gohelle, alors qu'il s'était fait abattre de l'autre côté de la ville, dans un quartier de Lens jouxtant Sallaumines, non loin de l'hôtel où Sorgue s'était installée en mars dernier. Que Metz et Sorgue se soient croisés dans la rue devenait plausible. En la voyant le mineur avait-il été pris d'une pulsion dont il était coutumier ? Car sa fiche de police était édifiante. Non seulement Metz avait commis de nombreuses truanderies et, incapable de payer ses amendes, avait accumulé les jours de prison, mais surtout les accusations d'attentats à la pudeur revenaient régulièrement. Seulement, dans aucune des affaires le concernant, le nom de Sorgue n'était cité. Le tampon rouge sur son certificat militaire indiquait un comportement difficile. L'appréciation était mauvaise. Il avait comparu devant un tribunal militaire pour une agression sur un civil, mais avait été relaxé parce que la victime avait retiré sa plainte. Il n'était pas passé loin de la correctionnelle. Pour un peu, il se serait retrouvé au bagne militaire. Défilait sous les yeux de Leroy la vie pleine de coups pendables d'un voyou, un de ceux que la bourgeoisie appelait avec effroi les incorrigibles.

Simon Metz avait occupé plusieurs logements à Paris et les rapports des commissariats de quartier permettaient de le suivre à la trace. Belleville. Ménilmontant. Charonne. Ses adresses ne correspondaient pas avec les quartiers habituels de Sorgue à Paris. Puis un jour, en janvier 1905, il avait brusquement décidé de quitter Paris pour se rendre dans le bassin minier où il gagnait sa vie en passant d'une compagnie à l'autre.

Alors Leroy s'intéressa au reste des documents, essentiellement des journaux nationaux. Il espérait que Metz les gardait, non pas pour allumer le poêle, mais parce qu'ils avaient du sens pour lui. Les dates, d'abord, janvier 1906, quelques semaines avant la catastrophe de Courrières, des informations donc sans rapport avec les événements du bassin minier. Il chercha des articles sur Sorgue et trouva son nom mentionné une fois, sans autre développement, dans le compte-rendu affligeant de parti-pris d'un congrès de la S.F.I.O. Plusieurs journaux abordaient le premier anniversaire de la mort de Louise Michel. Pensées émues. Sa chère amie, Charlotte Vauvelle, avait publié une lettre pour mémoire, où elle essayait de raviver son souvenir en mettant en avant la générosité de cette femme prête à donner son dernier sou à un nécessiteux. Gloire à la Sainte protectrice des indigents !

Leroy s'y prenait mal. Évidemment, les articles à la mémoire de la Louve lui crevaient les yeux. Il reprit les journaux un par un, en les décortiquant. L'actualité politique. Les manœuvres de Clemenceau. La position inflexible de Fallières qui graciait systématiquement les condamnés à mort ; ses ennemis s'en donnaient à cœur joie, l'accusant de faiblesse, et les journaux regrettaient de ne plus pouvoir faire de unes sur les exécutions. L'actualité syndicale. Les grèves qui bourgeonnaient partout en France. Les terrassiers. Les boutonniers. Les imprimeurs. Les ménagères. Les instituteurs La liste était longue comme le bras. Et les faits divers, pléthore d'accidents et d'assassinats. Un encart pour rappeler qu'une jeune femme originaire du 8ème arrondissement, Jeanne Desroselles, avait disparu un an auparavant.

Le nom interpella Leroy. Il se rappelait parfaitement Sorgue rassembler des coupures de presse portant sur cette disparition et son ton évasif quand il lui avait demandé pourquoi elle s'intéressait à cette affaire. Il reprit les journaux parisiens. Tous contenaient un article sur la disparition de cette fille. Dans deux d'entre eux, un appel à témoins accompagnait la photographie. Un an après, il s'agissait d'une manœuvre désespérée pour retrouver la disparue. Le lien existait entre Sorgue et Simon Metz, en la personne de Jeanne Desroselles. Seulement, cela ne faisait qu'épaissir le mystère.

Leroy devait aborder l'affaire par un autre angle. Le soir du 20 mars, la citoyenne s'était rendue au coron de Sallaumines. Peut-être que là-bas, quelqu'un pourrait lui fournir de nouveaux éléments. Des mineurs auraient pu la raccompagner à son hôtel et être en capacité de lui apprendre quelle était la tierce personne impliquée dans le crime, voire de mettre la citoyenne hors de cause. Il devait agir vite et profiter du fait que la police de Lens, plutôt que mener l'enquête, se consacrait aux grévistes.

CHAPITRE 23

Paris, 20 avril 1906

Pelletier adressa un signe de tête à Suzanne, qui attendait parmi d'autres patients, pour lui indiquer qu'elle l'avait bien vue. Seule, peut-être que cette femme perdue dans ses problèmes serait passée à côté d'une consultation gratuite, mais son mari avait eu l'air intéressé, ce qu'elle confirma dès les premiers instants.

– François m'a accompagnée jusque devant la porte et il m'attend dehors. C'est vrai que ma main me fait mal. Il m'a foutu les jetons avec la gangrène.

– Je vais regarder cela tout de suite, dit Pelletier en déroulant le bandage.

Une odeur incommodante s'éleva dans la pièce. Les plaies cicatrisaient mal. Du pus en sortait. Les doigts, bleus et gonflés, s'étaient repliés contre la paume. Suzanne serra les dents tandis que le médecin lui désinfectait la blessure à l'alcool. Elle essayait de faire bonne figure en prétendant qu'elle était douillette, fallait pas faire attention, mais des larmes de douleur perlaient à ses yeux. Elle poussa un cri lorsque Pelletier rectifia la position de ses doigts.

– Je vais vous donner de la bande et du désinfectant, lui dit-elle en plaçant une attelle. Chaque jour, vous devrez nettoyer la plaie et changer le pansement.

Suzanne répondit mécaniquement aux questions que la petite femme courtaude lui posait. Elle était ouvrière en reliure, fière de dire qu'elle alignait les points à la perfection, par goût du bel œuvre. En temps normal, ses employeurs se félicitaient de son savoir-faire mais là, comme elle faisait grève, elle passait plus de temps à la Bourse du travail qu'à l'atelier. D'ailleurs, elle avait cousu une partie de la banderole rouge sur le frontispice de la Bourse : *À partir du 1er mai, les ouvriers ne feront plus que huit heures !* Et elle avait juré de ne plus travailler pour un patron jusqu'à la victoire.

– Je vous ai déjà croisée, avec vos amies, sur la place de la République, dit Pelletier.

– Je me souviens, répondit Suzanne. Je vous avais reconnue. J'ai même réussi à vous vendre un ruban rouge.

– Comment me connaissiez-vous ?

– On m'a parlé de vous. Et puis je vous ai vue, un soir, à une réunion. Vous parliez du corps des femmes qui devait leur appartenir, à elles seules. Ça m'a beaucoup touchée, ce que vous faites pour nous.

Elle posait sur Pelletier un regard insistant qui la mit mal à l'aise. Pour y mettre fin, le docteur lui posa les questions rituelles servant à établir un bilan de santé. Les maladies qu'elle avait faites petite, les douleurs ou les gênes qu'elle éprouvait. Suzanne admit qu'elle avait du mal à dormir. Heureusement, la boisson l'aidait. Les ligues de tempérance n'avaient pas encore atteint les bas-fonds et les réclames parlaient du vin comme d'un médicament renforçant la santé.

– Vous vous étourdissez souvent ? Vous vous rendez malade ?

– Oh, vous me dites ça à cause de l'autre jour ? Ce n'est rien. Tout le monde fait la fête.

– Mais vous le payez après ! Buvez moins, Suzanne.

– Hors de question, s'effraya-t-elle. C'est le seul plaisir qu'il me reste.

– Vous ruinez votre santé.

– Je m'en fous.

– Vous risquez de perdre les cadences de l'atelier. Plus personne ne voudra de vous. Que ferez-vous ?

L'ouvrière haussa les épaules. Son avenir ne la concernait pas. Pelletier lui demanda alors de se dévêtir pour l'examen. Elle ne s'attendait pas à grand chose de bon mais ce qu'elle vit la choqua : des ecchymoses sur les bras, les cuisses, tout le long du dos également, quelqu'un s'était acharné sur ses reins ; autour du cou, un chapelet de marques bleues. Cette femme était battue de façon régulière, mais il n'y avait pas que cela, son corps décharné portait de nombreuses cicatrices, de grosses entailles alignées sur les bras comme si elle se les était faites elle-même, ainsi qu'une autre en forme d'étoile dans le creux de sa main valide. Elle parvenait à tenir debout, un tas d'os et de nerfs carburant à l'alcool. Pelletier ne montra aucune réaction aux ravages qu'elle voyait sur une femme aussi jeune. Elle lui demanda de s'allonger pour les palpations. Le foie était gros. Il formait une pointe, visible, sur son ventre. Son cœur battait vite et de manière désordonnée. La conclusion s'imposait : l'ouvrière ne ferait pas long feu en ce monde.

– D'où viennent vos bleus ? demanda Pelletier.

– J'ai toujours marqué facilement, expliqua Suzanne, et les danses du Caveau laissent des traces.

– Vous vous êtes fait agresser ?

– Les hommes s'emportent parfois quand ils n'ont pas exactement ce qu'ils désirent.

– Vous parlez de votre époux ?

– François ? dit-elle en riant. Certainement pas, il en est incapable. Mais ça m'arrive de tomber sur de drôles de clients.

Elle avouait en demi-teinte s'adonner à la prostitution. Pelletier lui demanda si elle éprouvait des sensations particulières au niveau de son intimité, brûlures, miction douloureuse, écoulement nauséabond ; elle acquiesça : même si elle se lavait trois fois par jour, rien à faire, l'odeur persistait. Pelletier lui prescrivit des médicaments pour ses maladies vénériennes et lui conseilla d'arrêter cette activité afin de préserver sa santé. Suzanne hocha la tête mais rien ne semblait avoir de prise sur elle. Le docteur avait déjà rencontré des patientes de cet acabit, absentes au monde, vides d'émotion, qui traçaient une vie misérable, un succédané de l'enfer.

– Vous allez en parler à François ?

– Pardon ?

– Est-ce que vous lui répéterez ce que je vous ai dit ?

– Mais non, Suzanne, nos échanges resteront entre nous, dit Pelletier en la raccompagnant à la porte.

Le mime attendait sur le trottoir, en face du cabinet. Il traversa la rue dès qu'il vit les deux femmes en sortir.

– Comment va-t-elle ?

– J'ai nettoyé sa main. Il faut surveiller cela de près.

– Combien je vous dois ?

– Je vous ai dit que la consultation serait gratuite.

Sans l'écouter, il sortit de son porte-monnaie une petite médaille religieuse et la lui tendit.

– C'est un souvenir de mes parents, avoua-t-il. Mais je n'en ai plus besoin.

– Je ne peux pas accepter. Gardez-la. La prochaine fois, ramenez-moi un truc à manger et nous serons quittes.

C'était la formule qu'elle assénait à ses clients désargentés. Parfois, ils lui offraient une poulette capturée au détour d'une rue sombre, une botte de navets, une tarte. Pelletier n'avait pas de quoi payer les factures mais au moins elle se nourrissait.

– Je vais vous signer une reconnaissance de dette, alors.

– Laissez tomber ! Compris ?

Le mime, décontenancé, regarda sa femme puis écarquilla les yeux alors qu'une idée lui venait.

– Ça vous dirait, un pique-nique sur les fortifs ? Nous pourrions nous retrouver demain midi. Suzanne s'occupera de tout. Le dimanche, c'est là-bas que je ramasse de l'argent avec mon numéro.

– Pourquoi pas, dit Pelletier en sautant sur l'occasion. Je dois voir une amie, la jeune femme de l'autre soir. Elle s'appelle Lucie. Ça vous dérange si elle m'accompagne ?

– Au contraire ! Et puis demain, c'est dimanche, dit François en souriant, on s'habillera. Hein, Suz', qu'on se fera beaux !

L'ouvrière paraissait contrariée, mais elle ne dit rien.

CHAPITRE 24

Lens, 20 avril 1906

Les petites maisons de brique du coron de Sallaumines formaient un long mur noir de suie, percé de portes et de fenêtres toutes semblables, mais ressortait une certaine beauté dans l'idéal de vie de cette cité ouvrière au pied du terril : une maison à soi, un jardinet, l'église à deux pas ; les conditions d'épanouissement d'une famille heureuse. Leroy imaginait un panneau au-dessus des grilles que les gendarmes venaient fermer le soir, dès 21 heures, pour le couvre-feu : le bonheur à portée de main.

Deux enfants jouaient près d'une palissade aux planches taillées en biseau. Ils se suspendaient en coinçant leurs bras dans les interstices et se racontaient des blagues sur le Christ percé de trous.

– Vous n'êtes pas au boulot ? leur lança-t-il.

Avant de répondre, ils prirent le temps de dévisager l'étranger qu'il était. Malgré leur jeune âge, ils paraissaient empreints d'une sagesse d'adulte, ou alors c'était qu'ils se méfiaient des inconnus.

– Vous avez entendu parler de la grève, m'sieur ? dit le plus vieux qui ne devait pas dépasser les douze ans. Nos parents nous tueraient si nous descendions dans la fosse.

– Et je ne pourrais pas leur donner tort, dit Leroy en sortant sa bourse. Tenez, pour soutenir la lutte !

Ils refermèrent leur poing sur la pièce qu'il leur donna à chacun et, malgré leur inconfortable suspension, la glissèrent aisément dans leur poche, au plus près de leur peau. L'agilité, c'était leur bien le plus précieux. Ils travaillaient à la mine pour cette qualité, aussi industrieux que de petites fourmis, réussissant à se glisser dans des galeries étroites inaccessibles aux adultes, avec un salaire bien moindre à la clé.

– Je suis un ami de la citoyenne Sorgue. Vous la connaissez ?

La conversation les intéressa soudain, alors ils coulèrent de leurs planches pour se rapprocher de Leroy.

– Bien sûr qu'on la connaît, hein, Ricq ? dit le même gamin dégourdi. Elle est venue un soir quelques jours après l'explosion. Qu'est-ce qu'elle était belle avec son étoffe rouge autour de la taille !

Il mima une femme qui se déhanchait avec deux obus en guise de poitrine. Sûr qu'ils se rappelaient d'elle ! Ils rêvaient, la nuit, de ce genre de grande dame. Au souvenir de cette poitrine fabuleuse, le petit Ricq, ému, mit la main dans son froc.

– Elle ne vous a pas oubliés, loin de là. Elle m'envoie prendre des nouvelles.

– Le coron a été durement touché par la catastrophe. Des dizaines de gars sont morts. Tous les jours, la liste s'allonge. On fait que ça, pleurer ! Et la lutte est terrible, m'sieur ! Il y a deux camps, maintenant, et des bagarres éclatent entre ceux qui font grève et les autres. Nous, on est du bon côté. Hein, Ricq ?

Le petit hocha la tête mais sa main s'agitait au rythme de ses souvenirs. Les obus. La couleur rouge. Tout l'amour du monde.

– Les patrons jettent dehors les veuves dont les maris sont morts à la mine, ajouta le gamin d'un air sombre. Comme elles ne travaillent pas pour la compagnie, elles n'ont plus droit au logement. Les gendarmes viennent de temps en temps pour évacuer une femme. Ça gueule ! Ça finit dans les larmes ! Et ce sont des familles de jaunes qui les remplacent. Je ne vous raconte pas l'ambiance !

L'enfant se tut un instant, méditant sur l'injustice de la société.

– Je vais expliquer la situation à la citoyenne, dit Leroy. Elle va faire tout son possible pour arranger ça.

– J'en suis sûr ! dit l'enfant. Le soir de sa venue, elle a rencontré les veuves une à une et leur a laissé de l'argent pour qu'elles voient venir. C'était vraiment une drôle de soirée, bizarre et horrible. Tout le monde pleurait. Ça hurlait de partout. Tous les gamins du coron suivaient Sorgue à la trace pour racler des piécettes. Y en a un qui a essayé de lui prendre directement dans la poche.

Elle est tellement gentille qu'elle ne lui a même pas foutu une claque. C'est moi qui m'en suis chargé. Je ne pouvais pas laisser passer un tel manque de respect !

Il enfonçait son pouce dans sa poitrine, fier d'affirmer sa loyauté à la citoyenne. De son côté Ricq s'astiquait consciencieusement, les yeux fermés, pour magnifier le souvenir de cette soirée, le textile délicat qu'il avait touché du bout des doigts, les odeurs uniques, peut-être, qu'il avait senties.

– À un moment, une dispute a éclaté. Une femme de mineur a crié qu'elle ne voulait pas des sous de Sorgue, qui venait avec sa bonne mine et son sourire enjôleur pour dévergonder les ouvriers. À ses yeux, les grévistes sont des gens malhonnêtes. Ils mordent la main qui les nourrit. Mais une fois que la citoyenne lui a tourné le dos, cette garce est sortie de chez elle et a raflé l'argent dans la boîte aux lettres, là où Sorgue l'avait déposé.

– Ce soir-là, quand la citoyenne a quitté le coron, elle était seule ?

– Ah non, deux personnes l'accompagnaient. C'était plus prudent.

– Des habitants du coron ?

– Même pas. Il s'agissait d'un couple qui l'a suivie du début à la fin. Des Parisiens, je crois. Le type, tout le monde le connaît, au moins de vue. Il a réussi à faire rire la foule, devant la mairie de Lens, quand il a imité le gros Basly.

Leroy s'en souvenait très bien. L'homme portait un costume élimé, une fleur en papier rouge à la boutonnière et un petit melon. Émile Basly avait voulu canaliser les grévistes mais ça s'était mal passé car la moitié des mineurs du bassin l'accusaient de trahison. Sa petite phrase sur la fatalité qui avait emporté les mineurs ne passait pas alors que, depuis des semaines, des délégués alertaient sur des problèmes de sécurité. Et il fallait voir comme il avait grossi depuis son élection ! Elle était bonne la cantine de l'Assemblée nationale ! À son arrivée sur la place de la mairie, l'atmosphère était devenue glaciale, quand soudain un homme s'était avancé pour l'imiter. Tout y était : la rondeur du ventre, l'air moralisateur, un œil fermé pour représenter le monocle. Piqué au vif, Basly avait ouvert des yeux comme des soucoupes. Puis il avait fait semblant d'ignorer le mime et était entré dans la mairie avec l'air affairé qu'il savait si bien prendre. Un murmure d'approbation avait parcouru la foule. Il fallait prendre les petits bonheurs quand ils se présentaient.

– Ils sont partis seulement tous les trois ?

– Oui, et la femme ne lâchait pas Sorgue d'une semelle. Elle lui tenait le bras et n'aurait pas fait des yeux plus doux à la Sainte Vierge Marie.

– Est-ce que, par hasard, tu saurais le nom de ces deux personnes ?

Le gamin perdit instantanément sa bonne humeur.

– Pourquoi vous nous posez toutes ces questions sur Sorgue ? Je croyais que vous la connaissiez. Elle pourrait vous répondre. Vous êtes de la police, m'sieur ?

– Non mais franchement, tu m'as regardé ? rigola Leroy.

Le gamin ne répondit rien. Son visage fermé valait toutes les réponses. Son camarade, surpris que l'atmosphère rafraîchisse autant, en oubliait sa main dans le bénard.

– Viens, Ricq, on rentre. Ça sent mauvais, ici.

CHAPITRE 25

Paris, 20 avril 1906

Deux jours après l'incendie, des gamins s'amusaient à rester assis le plus longtemps possible sur les pierres encore chaudes. C'était leur manière de désigner le dur à cuire de la bande. De l'atelier dont le toit s'était effondré, il ne restait plus rien hormis des murs noirs. Il y en avait pour des jours de travail à tout nettoyer. François repéra Hippolyte qui traînait autour des décombres et poussa un bref sifflement pour attirer son attention. Le chauve n'avait pas l'air dans son assiette, comme si la perte de son travail le tracassait. Il resta distant avec le mime, même s'il lui avoua, du bout des lèvres, que le patron soupçonnait un grand rouquin à rouflaquettes, habillé comme un sauvage, d'avoir déclenché le feu.

– Tu le connais, ce gars, il a tué le chien à coups de marteau.

– Je vois vaguement qui c'est, dit François.

– Je t'ai vu lui parler.

– On a échangé quelques paroles sur la grève, c'est tout.

Ça se voyait comme le nez au milieu de la figure qu'il mentait. Hippolyte lui annonça que le patron n'allait pas tarder. Le mime ne se le fit pas dire deux fois et quitta les lieux. L'inquiétude l'envahissait. Dans les commissariats parisiens, Albert était connu pour son goût des flammes. Les policiers penseraient à lui et en remontant le fil, ils trouveraient des témoins qui les auraient vus ensemble, des gars de l'atelier, même, pourquoi pas Hippolyte, ou un autre.

Chez Albert, les volets étaient fermés. Il frappa fort contre la porte, du plat de la main, en l'appelant. Il avait besoin de le voir. Ça urgeait. Il insista jusqu'à entendre le raclement des verrous.

– Il y a un problème ? lui demanda Albert derrière la porte entrouverte en regardant par-delà l'épaule de son visiteur.

– Plutôt, oui ! Laisse-moi entrer !

À l'intérieur, il faisait sombre et une puissante odeur de produits chimiques mêlée à celle du charbon brûlé prenait à la gorge. C'était un miracle qu'Albert n'ait pas encore subi le sort de Zola, asphyxié de nuit par les mauvaises vapeurs de sa cheminée, même si le bruit courait qu'une main ennemie en bouchant le conduit avait forcé le destin de l'écrivain.

En s'habituant peu à peu à l'obscurité, François découvrit le capharnaüm qui régnait dans la pièce. À même le sol, des tonnelets de pétrole et des bonbonnes de verre contenant des liquides troubles, des sacs de charbon empilés, des marmites remplies jusqu'à la gueule de toute la quincaillerie imaginable, paquets de clous, boulons et billes de plomb. Une étincelle malheureuse et tous deux seraient volatilisés. Albert avait rassemblé chez lui de quoi faire péter un immeuble.

– Qu'est-ce que tu veux ? demanda-t-il. Tu parles, oui ou merde ?

François lui rapporta ce qu'il avait appris aux abords de l'atelier, alors son comparse se mit à frapper les murs en poussant des jurons. Les flics, encore ! Ils n'allaient pas tout gâcher alors qu'il se tenait si près du but.

– Il y a toujours des baraquements à Charonne ? lui demanda Albert.

– Oui, mais les clochards les occupent. Faut voir comme ils se battent, parfois, pour un bout de tôle. Les places sont chères.

– J'en trouverai un qui sera ravi de me laisser sa place. C'est décidé, je déménage.

– Tu veux faire ça quand ?

– Tout de suite ! Je vais emprunter une charrette à un gars. Et comme ça, mon proprio pourra s'asseoir sur son terme que de toute façon, je n'avais pas l'intention de payer.

Les deux hommes allèrent chercher la carriole dans laquelle ils chargèrent les maigres possessions d'Albert, ainsi que son matériel pour fabriquer des bombes, en recouvrant le tout de couvertures graisseuses, puis ils prirent la direction de Charonne. Sur le chemin, des affiches du ministère de la Guerre invoquaient le droit de réquisition qui pourrait être exercé pour le logement et la subsistance des troupes.

– Maintenant, c'est clair, s'exclama Albert. Ils veulent notre peau.

– Qu'est-ce que tu vas faire avec ça ? lui demanda François d'un ton faussement décontracté en désignant le chargement du pouce.

– Je connais des gars capables de faire péter des trucs. Ils m'ont tout expliqué. J'ai trouvé ce qu'il fallait en récupérant des produits ici et là. Chlorate de potasse et acide picrique. Ça ne vaut pas la dynamite mais ça peut souffler pas mal de choses.

À ce moment-là, ils entendirent les tambours et les trompettes et les chants virils. Le fracas se répercutait sur les façades des immeubles pour monter vers le ciel. La circulation des voitures s'arrêta net et les passants se rangèrent sur les trottoirs. Le bataillon coupa la route devant eux dans le fracas des tambours. Les fantassins passèrent en premier, suivis des dragons dressés sur leurs chevaux. Des centaines de soldats en uniformes, fusil sur l'épaule, les poches gonflées par les paquets de cartouches. Ils traversaient les places sans s'arrêter. La présence de ces soldats annonçait la guerre civile, mais ce qui fit encore plus de mal aux deux hommes fut de constater l'émoi des filles à la vue des militaires. Des gamines emportées par les rythmes martiaux virevoltaient auprès d'eux. C'était le plus beau jour de la vie de ces petites ouvrières. Les sens qu'elles avaient déréglés par les tambours, elles rêvaient en secret que des soldats les emmènent au bout du monde.

– Ah, les putains, cracha Albert, elles fraternisent avec l'ennemi !

Les larmes lui venaient aux yeux en voyant ces jeunes femmes tout oublier pour un pas de danse. François lui passa la main dans les cheveux pour l'apaiser, mais son ami sanglotait, inconsolable.

– Je ne vais pas plier l'échine, pas question, hein François !

– Qu'est-ce que tu veux dire ?

– Je ne vais pas laisser ces salauds nous écraser sans réagir. Je vais le sauver, le premier mai. À tel point qu'on en parlera encore dans un million d'années.

* * *

Les baraquements de Charonne, formés d'un amas de tôle et de planches volées dans les chantiers, occupaient des terrains vagues derrière la rue de Buzenval. Il s'agissait de petites cabanes serrées les unes contre les autres, pour certaines effondrées, dans lesquelles des vagabonds s'installaient au titre de la loi du plus fort. Aucune solidarité n'existait entre eux. Ils n'hésitaient pas à jouer un sale coup à leur voisin pour un bénéfice à court-terme, ayant depuis longtemps perdu toute idée d'horizon.

Albert trouva une cabane à l'écart, dans laquelle dormait en chien de fusil un vieil homme vêtu de lambeaux, mais quel âge avait-il en réalité ? À première vue, il aurait pu raconter les campagnes napoléoniennes mais peut-être n'était-il pas plus vieux que François. Ses haillons ne cachaient rien de sa peau laiteuse ni de ses veines abîmées. À l'odeur épouvantable qu'il dégageait, on aurait pu le prendre pour une charogne, hormis ce détail qu'il respirait.

Quand Albert lui envoya un coup de pied, le clochard râla en ouvrant des yeux injectés de sang. Il regarda autour de lui sans rien voir en se demandant ce qu'il lui tombait encore sur le coin de la gueule et brandit un bout de métal aiguisé dissimulé contre son cœur. Peu impressionné, Albert lui piétina la main pour lui casser les doigts et le cueillit d'une énorme mandale dans la tempe. Et se déchaîna. Une grêle de coups. En hurlant. Voilà ce qu'il faisait de la sale race des clochards, plus haïssable encore que les bourgeois ! Les aurait tous envoyés en Afrique si on lui avait demandé son avis !

L'homme poussait des couinements en essayant de se protéger du mieux qu'il pouvait.

– Je vais le tuer, dit le rouquin en sortant son marteau, tu sais pourquoi ? C'est un service à rendre à la société !

– T'es fou, Albert ! cria une voix de jeune femme. Arrête tout de suite !

C'était la fille de la rue Planchat, celle qui faisait des passes tandis que sa mère attendait assise sur le banc de pierre. Elle se tenait derrière eux, les mains posées sur les hanches, une lueur meurtrière dans les yeux.

– Tu te prends pour qui ? lui dit le rouquin.

– Je te dis d'arrêter, c'est tout, répliqua-t-elle sur un ton qui ne souffrait aucune contestation.

Albert la fixa un moment. Son cerveau bouillonnait de dépit, de rancœur et de haine, de tout ce qu'il avait accumulé depuis des années. Puis soudainement, le coup de sang passa. Il haussa les épaules. À leurs pieds, le clochard en pleine crise continuait à proférer des sons. Venaient à sa bouche des souvenirs lointains. Il s'excusait auprès de sa maman pour son comportement. Il criait : « Pardon ! » en regardant le ciel, complètement envahi par des pensées sans rapport avec le présent. Il poussait des cris de corne comme s'il imitait les bateaux arrivant au port. François et Albert le sortirent de la cabane et le descendirent un peu plus loin pour le jeter à terre, à deux rues de là, où ils l'abandonnèrent à sa logorrhée. La fille, agenouillée à ses côtés, lui caressait la tête malgré sa puanteur.

CHAPITRE 26

Lens, 23 avril 1906

Les trains militaires qui arrivaient en continu à la gare de Lens vomissaient des régiments entiers. Leroy compta plusieurs milliers de soldats et encore, c'était juste ceux qui passaient dans la grande rue afin de gagner Billy-Montigny, Méricourt, ou les autres fosses de la Compagnie des mines. Pour loger les troupes, la préfecture avait réquisitionné les écoles, les bâtiments municipaux et les hôtels. Les clients étaient priés d'aller voir ailleurs, à la campagne où les paysans seraient ravis de les accueillir dans leurs auberges.

Devant la caserne, la place gardée par les dragons et l'infanterie paraissait imprenable. Les soldats attendaient les ordres, prêts à faire feu. Dans la nuit, avaient eu lieu des perquisitions au cours desquelles la police avait retrouvé des chandeliers et de la vaisselle appartenant à Reumaux mais, cette fois-ci, les informations ne venaient pas de Leroy.

– Tiens, regarde donc ! Le salopard qui a trahi la citoyenne ! entendit-il.

En se retournant vivement, il découvrit plusieurs hommes, dont celui avec qui il avait discuté la veille, scandalisés, haineux, prêts à le bouffer. Anticipant leur volonté de lui sauter dessus, il se mit à courir comme un perdu en direction de la préfecture. Une première pierre le frappa au milieu du dos, une autre siffla à ses oreilles, une autre encore lui frôla le crâne. C'était lui le traître qu'il fallait dessouder à tout prix. Des mains essayèrent de le saisir au passage, effleurant ses coudes, ses manches, mais il frappait à l'aveugle pour se débarrasser de ses assaillants. Une jambe tendue à son passage lui crocheta le pied. Perdant l'équilibre, il roula au sol et parcourut les derniers mètres à quatre pattes jusque dans les jambes des soldats. Police ! Il était de la police ! Les soldats lui ouvrirent un chemin en lui tapant sur le dos comme on flatte une brave bête. Une fois dans le bâtiment, il s'appuya contre le mur, sous le choc. Les mineurs l'auraient tué sans aucun scrupule. Un peu plus tard, il croisa l'officier qui s'occupait de l'affaire Simon Metz. L'homme était déjà au courant de ses déboires. Peut-être avait-il vu la scène de la fenêtre de son bureau.

– Vous l'avez échappé belle, lui dit-il.

– Comment savent-ils à mon sujet ?

– Les nouvelles vont vite. Sorgue a dû réussir à faire passer le message à ses amis. À propos, le leader syndicaliste Pierre Monatte se trouve dans nos murs. On vient de l'arrêter pour complot contre l'État en lien avec la frange royaliste du pays.

– C'est une plaisanterie ?

– Pas du tout. On soupçonne le comte Durand de Beauregard de lui avoir versé de l'argent pour fomenter des troubles dans le bassin minier.

Ça ne tenait pas debout une seconde. L'alliance d'ennemis irréconciliables pour mettre à bas la République ? Leroy se demanda de quel guignol dans son bureau avait pu naître une idée si lumineuse. Et puis il pensa aux élections. Clemenceau semait le trouble dans les camps adverses pour rafler la mise.

– La grève va s'effondrer, conclut l'officier.

L'homme avait raison. En traversant la foule, Leroy avait vu des visages de vaincus. Les gars, au bout du rouleau, faisaient grève depuis plus d'un mois, enterraient chaque jour leurs camarades et crevaient de faim. Sans Monatte, le mouvement s'éteindrait. Déjà, certains mineurs disparaissaient plusieurs jours pour faire des postes dans d'autres compagnies, sous un faux nom. Ils n'avaient qu'une envie, celle de tourner la page.

– En tout cas, je vous conseille de quitter la région de toute urgence car vous ne vous êtes pas fait que des amis, ici.

– J'ai enquêté dans le coron de Sallaumines, dit Leroy. Sorgue a quitté les lieux en compagnie d'un couple, dont l'homme aurait imité Basly sur la place de la mairie, le 20 mars.

– Je me souviens de cette histoire. Le député était

furieux qu'on se moque de lui. Il nous a demandé d'arrêter cet individu. Nous l'avons emmené au poste, pour la forme, avant de le relâcher au bout de quelques heures. Personne n'avait le cœur de lui faire des misères pour une espièglerie. Les policiers qui ont assisté à la scène riaient sous cape.

– J'aimerais consulter le procès-verbal de son audition.

– Les éléments que nous avons recueillis sont à votre disposition. En tout cas, je vous félicite. Joli travail ! Grâce à vous, nous connaissons l'identité de deux témoins supplémentaires. Nous nous trouvons peut-être en face d'une découverte décisive. Je vous accompagne.

Benoît Broutchoux n'avait pas été le seul à essuyer une arrestation lors de cette fameuse journée du 20 mars. Une cinquantaine d'hommes avaient subi le même sort. Les deux policiers retrouvèrent le document qui les intéressait. François Michaux. Suspicion d'insulte à un détenteur de l'autorité publique (Émile Basly, député maire). Délit non caractérisé. Classé sans suite. Libération immédiate. L'homme avait présenté son carnet d'ouvrier, toujours délivré par certaines communes, alors qu'il s'agissait d'un document aboli par la loi plus de quinze ans auparavant. Le dernier emploi recensé mentionnait une ferronnerie, rue de Lancry, à Paris. Une piste, aussi maigre fût-elle, qui pouvait remonter jusqu'à cet homme.

– Paris, c'est un peu loin, dit le policier, déçu. Mais je vais envoyer un avis de recherche au commissariat d'arrondissement. Et cette information nous donne des éléments intéressants pour l'interrogatoire de Sorgue.

– Auquel je veux assister, dit Leroy.

– Elle va vous arracher les yeux, répondit l'homme qui souriait sous sa moustache.

CHAPITRE 27

Paris, 23 avril 1906

Des familles entières pique-niquaient sur les pentes herbeuses des anciennes fortifications devenues un lieu de promenade et de distraction car des fêtes foraines y avaient élu domicile et tout autour, les saltimbanques et les jongleurs faisaient leurs numéros. Un monde fou venait prendre le vert sur le talus. Des filles abordaient des hommes sous prétexte de leur vendre des fleurs et, en cas d'accord, le couple fraîchement formé, bras-dessus bras-dessous, cherchait un coin tranquille en se promettant monts et merveilles.

Madeleine Pelletier et Lucie aperçurent François qui se livrait à son numéro de mime. Il avait jeté son dévolu sur deux jeunes filles effarées et, à l'instar de ses modèles rouges de honte, les mains plaquées sur la bouche, affolé, il tournait la tête de droite et de gauche en quête de secours. Un sourire échappa à Pelletier mais avant même qu'elle ne s'en rende compte, l'imitateur se glissa à côté d'elle tout en se lissant la moustache, visage fermé, air obtus.

– Dites donc, vous ! cria Pelletier en comprenant qu'il se moquait d'elle.

Il lui renvoya son air offusqué, les mains sur les hanches, la bouche en forme de o, la tête brinquebalant d'un côté l'autre comme s'il lui adressait des réprimandes.

– Il est doué, hein ? lança Suzanne.

Doué pour la parodie et pour mettre les rieurs de son côté. La jeune relieuse s'esclaffait, heureuse qu'on se moque d'un médecin au savoir abyssal. Elle avait enfilé les plus beaux vêtements de sa penderie : robe, corsage et veste, chapeau fané, une vraie petite dame, mais en dépit de ses efforts, elle faisait peine à voir. Son homme portait le même costume mité – sans doute n'en possédait-il qu'un – mais l'avait orné d'un nœud papillon. En comparaison, Lucie était chic comme seule peut l'être une bourgeoise.

Après la récolte d'une poignée de centimes, ils trouvèrent un endroit tranquille où Suzanne, déjà imbibée, jeta sur l'herbe une nappe à carreaux. D'un panier en osier, dépassaient des bouteilles de vin et d'eau-de-vie qu'elle aligna sur le sol avec soin, enfonçant leurs culs dans la terre pour les faire tenir droit. Puis elle sortit une miche de pain, un morceau de brie et des noix, l'équivalent d'une demi-journée de travail.

– Ici, c'est notre sortie du dimanche, expliqua-t-elle. François en profite pour faire son numéro. Les forains laissent faire, tant que les promeneurs s'amusent ! Et puis on habite à un saut de puce, la rue Planchat, derrière le boulevard de Charonne. Allez ! Pour fêter nos deux mois de grève ! Au Grand Soir ! dit-elle en levant son verre.

Ils trinquèrent, donc, avec une gnôle au goût d'essence. Suzanne avala un premier grand verre et s'en servit un autre dans la foulée. Cette façon d'engloutir de grandes quantités de liquide s'appelait de la dipsomanie. Son regard n'était déjà plus le même. C'était boire qui comptait, peu importe qu'elle se réveille au matin avec des pointes terribles dans le ventre, qu'elle dorme d'un mauvais sommeil et qu'au point du jour elle vomisse le contenu de son estomac, jusqu'à la bile verte et âcre quand il n'y avait rien d'autre à rendre.

Impatiente d'arriver au premier mai, en plein délire, elle imaginait les ouvriers s'emparer du palais de l'Élysée ou de l'hôtel Bauveau, et se voyait emprunter les couloirs des ministères en se disant chez elle. Ça ne pouvait pas se passer autrement. Elle en était sûre depuis qu'elle était allée à Courrières, juste après la catastrophe.

– Vous étiez dans le bassin minier ? s'étonna Pelletier.

– Le syndicat cherchait des volontaires pour donner un coup de main aux camarades, expliqua-t-elle. Nous voulions nous rendre utiles. Je n'oublierai jamais ce que j'ai vu là-bas.

Les larmes aux yeux, elle raconta des histoires horribles sur les corps extraits de la fosse. Lucie en frissonnait.

– J'ai rencontré à cette occasion une femme extraordinaire, poursuivit l'ouvrière, vous connaissez la citoyenne Sorgue ?

– Je l'ai croisée plusieurs fois à des congrès politiques, reconnut Pelletier, car nous représentions chacune des sections locales du Parti socialiste révolutionnaire. Nous avons de nombreux objectifs en commun.

– Elle disait des mots simples que tout le monde comprenait, s'échauffa Suzanne, les yeux brillants. Nous avons passé une soirée ensemble, au coron. Elle allait voir les veuves les unes après les autres, en leur laissant tout l'argent de son sac à main. Tout. Il ne lui restait plus rien. C'est une sainte, elle aussi ! Après, nous l'avons raccompagnée à son hôtel. Hein, François ?

Le mime faisait la gueule en jetant des regards inquiets à sa femme rendue volubile par l'alcool. Il se tourna vers Pelletier.

– Pourquoi vous vous habillez comme ça ? lui demanda-t-il abruptement.

– Je revendique l'égalité entre les hommes et les femmes, répondit-elle, surprise par son agressivité. Cela commence par la façon de se vêtir.

– Je ne vois pas le rapport avec ce déguisement !

Pelletier le préférait quand il jouait au mime. Son art le transfigurait mais lorsqu'il redevenait lui-même, il se montrait aussi obtus que la plupart des gens. À moins qu'il n'essayât de détourner la conversation.

– Et vous ? demanda Suzanne en se tournant vers Lucie. Qui êtes-vous ?

– Je m'appelle Lucie Desroselles, dit précipitamment la jeune fille en se saisissant de l'occasion. En ce moment, je loge chez mon oncle, près du parc Monceau. Je suis la cousine de Jeanne Desroselles qui a disparu l'année dernière. Tenez, voici sa photographie. Une jeune femme blonde, les yeux clairs, qui me ressemble un peu, dit-on. Je sais que vous l'avez connue. On vous a vus l'attendre devant l'immeuble de madame Liénard.

Sidérés, les deux ouvriers la regardaient sans piper mot. Lucie, en plein doute, se demanda ce qu'elle avait imaginé. Peut-être avaient-ils été les meilleurs amis du monde mais peut-être que la bonne de madame Liénard avait inventé n'importe quoi.

– Nous connaissions Jeanne, dit enfin Suzanne, la gorge serrée. Nous nous étions rencontrés ici-même, sur les fortifications, un jour que François faisait son numéro.

– Vous étiez proches ?

– On se retrouvait le soir, on fréquentait les mêmes endroits. Tu te souviens, François ? Mais si ! Son frère savait qu'elle traînait place de la République et l'avait ramenée chez elle de force. Elle s'était débattue, folle de rage, tandis qu'il riait ! Qu'est-ce qu'elle le détestait ! J'ai voulu l'aider mais des policiers sont intervenus et les ont raccompagnés. C'est la dernière fois que nous l'avons vue.

– Vous n'avez pas cherché à la retrouver ?

– Nous n'étions pas du même monde. Qu'est-ce que vous auriez voulu qu'on fasse? Elle racontait que ses parents voulaient la placer chez les sœurs pour lui remettre les idées en place. Elle avait une peur bleue de se retrouver loin de Paris.

Lucie fut prise d'un doute atroce. Bien sûr, les Desroselle avaient toujours affirmé haut et fort que Jeanne commettait une grave erreur en fréquentant les bas-fonds. Ils faisaient tout ce qui était en leur pouvoir pour sauver leur honneur. Et s'ils l'avaient enfermée, dans un asile ou un couvent ? Mais ça ne tenait pas debout. Pourquoi dissimuleraient-ils son existence derrière un mensonge si effroyable ? N'aurait-il pas été plus simple de prétendre qu'elle faisait des études à l'étranger ou qu'elle avait eu la révélation et désirait rentrer dans les ordres ?

– Pourquoi voulaient-ils l'enfermer ? demanda Pelletier.

François et Suzanne échangèrent un regard.

– Vous saviez qu'elle était enceinte ? insista-t-elle.

– C'était pour ça qu'ils la recherchaient, reconnut Suzanne.

– Elle se sentait menacée ?

– Ça passait mal, dans sa famille, qu'un homme lui ait fait chanter le rouge-gorge ! lâcha Suzanne en faisant une drôle de mimique.

Lucie, décontenancée, ne suivait plus.

– Le rouge-gorge, dit-elle vivement, mais qu'est-ce que ça veut dire ?

– C'est un mot pour cet endroit-là, dit Suzanne, en plaçant sa main entre ses jambes.

– C'est ainsi que certains hommes appellent le sexe féminin, expliqua Pelletier.

– Ça se dit, prendre le passage du rouge-gorge, ou travailler le rouge-gorge, poursuivit l'ouvrière. Quand on dit «mon petit rouge-gorge» à une femme, c'est une invite. L'image parle d'elle même, n'est-ce pas ?

Lucie blêmit.

– Le frère de Jeanne m'appelle ainsi depuis que je suis arrivée chez eux.

– Ah ! s'exclama Suzanne en riant, il a donc des vues sur vous ! Il n'a jamais fait de tentatives de rapprochement ?

Lucie repensa à la manie de Jacques de la prendre par le coude et de chercher avec elle des moments d'intimité. Elle se rappela le sentiment qu'elle avait eu d'être observée dans sa chambre ou dans la salle de bain. C'était donc cela qu'il désirait, depuis le début ? Dire qu'elle n'avait jamais voulu comprendre !

Lucie posa encore quelques questions mais les deux ouvriers, ne sachant plus quoi répondre, haussaient les épaules, désolés. Ils auraient bien aimé l'aider, pourtant. À présent, des silences prolongés venaient couper la conversation. C'était inutile de rester plus longtemps. Lucie et Pelletier les remercièrent et partirent vers la première bouche de métro. Une fois qu'elles furent hors de vue, François se prit la tête entre les mains. Il avait donné le change jusqu'à présent mais l'angoisse lui tombait dessus.

– Tu ne pouvais pas te taire, Suzanne, ou faire comme si tu ne connaissais pas Jeanne ! Ça recommence, encore ! Cette histoire ne finira jamais !

CHAPITRE 28

Lens, 23 avril 1906

En voyant Leroy parmi les hommes chargés de l'interroger, la citoyenne demanda qu'on la ramène en cellule mais les policiers l'assirent de force sur une chaise et la menottèrent à un anneau dans le mur. Pâle, les traits tirés, elle semblait sur le point de s'effondrer. Victime de la technique habituelle pour attendrir un suspect, elle n'avait rien bu ni mangé depuis la veille.

Le policier prit place en face d'elle tandis que Leroy restait en retrait, dans une position d'observateur. Elle le regardait avec répugnance. Deux gardiens, bras croisés, se tenaient prêts à intervenir en cas de besoin.

– Pourquoi êtes-vous revenue à Lens ?

– Pour soutenir la cause, répondit-elle crânement. En apportant mon énergie et mon argent.

– D'après mes informations, il ne vous reste guère de fortune.

– Aucune importance, dit-elle en jetant un regard

terrible à Leroy. Je suis prête à donner jusqu'à mon dernier centime pour l'idéal d'égalité.

– Vous faites bien de parler de valeurs. Avez-vous déjà appelé à abattre la République ?

– L'abattre ? Je ne crois pas, non. La transformer, en revanche, c'est une évidence.

– Et à provoquer des troubles dans le bassin minier ?

– Je suis venue soutenir mes amis, répéta Sorgue.

Tandis que le policier notait ses réponses scrupuleusement, elle regardait le mur, le menton posé sur sa main libre, dans une pose identique à celle de la photo des mineurs grévistes.

– Nous voulons maintenant aborder avec vous une journée particulière, celle du 20 mars, poursuivit-il.

Sorgue se tendit un court instant, avant de se relâcher. Une réaction fugace, mais évidente pour Leroy. Elle récita les différents événements. La manifestation sur la place de l'hôtel de ville de Lens. L'arrestation de Broutchoux. La réunion pour appeler à un rassemblement devant la prison de Béthune. Elle donna les noms des gens qui avaient gravité dans son entourage, prenant soin de ne livrer que des éléments anodins, déjà connus de tous.

– Qu'avez-vous fait après la réunion ?

– Je me suis rendue au coron de Sallaumines, dit-elle après une hésitation, pour soutenir la population.

– Et ensuite ?

– Je suis rentrée à l'hôtel.

– Seule ?

– Non. Des camarades m'accompagnaient.

– Soyez plus précise. De qui parlez-vous ? Donnez-nous des noms.

– Il s'agissait d'un couple d'ouvriers, dont je ne connais pas l'identité. Je les ai rencontrés à cette occasion et je ne les a jamais revus. S'ils m'ont donné leurs noms, je ne m'en souviens pas.

– Il n'y avait que deux personnes pour vous escorter ?

– Qu'est-ce que vous croyez ? Les gens avaient d'autres soucis que de former cortège pour me raccompagner.

– À quoi ressemblaient-ils ?

– À des gens du peuple, des ouvriers acquis à la cause. Ils ne portaient pas de tenue de mineur.

– Est-ce que l'homme dont vous parlez a imité le député Basly ce jour-là, sur la place de Lens, demanda Leroy. Parlons-nous de la même personne ?

C'était sa première intervention. Sorgue sursauta au son de sa voix ; la présence de l'homme qui l'avait berné l'éprouvait. Puis elle reprit sa contenance hautaine. Le mur gris présentait plus d'intérêt que monsieur le traître.

– Répondez à mon collègue ! ordonna l'autre policier.

– Aucune idée, dit-elle laconiquement.

– Par où êtes-vous passée pour rentrer du coron à votre hôtel ?

– Nous avons suivi la route principale. Les ambulances qui circulaient de manière incessante nous éclairaient au passage.

– Une fois à Lens, s'est-il produit un événement particulier ?

– De quoi parlez-vous, enfin ?

Le policier déplia le morceau de tissu taché de sang sur la petite table.

– Dans vos bagages, j'ai trouvé des mouchoirs blancs marqués des mêmes initiales que celui-ci. Vous m'avez assuré qu'ils vous appartenaient.

– Oui, ils proviennent d'un héritage familial. J'en possède un lot que je tiens de mon père.

– Je suppose qu'ils représentent un souvenir important pour vous ?

Troublée, Sorgue prit le temps de réfléchir.

– Ce ne sont que des mouchoirs.

– Nous avons retrouvé celui-ci sur les lieux d'un crime.

– Et alors ?

– Alors ? dit le policier stupéfait. Mais cela vous implique !

– Des mouchoirs, j'en ai donné à des mineurs effondrés, tonna Sorgue. Il y en avait, des larmes à essuyer. Vous auriez voulu que je garde pour moi mes petites possessions ? Qu'est-ce que j'en avais à faire ?

– L'homme abattu s'appelait Simon Metz. Le connaissiez-vous ?

– Absolument pas. Je sais que cet homme s'est fait tuer parce que j'ai lu l'information dans les journaux, c'est tout.

– Possédez-vous des armes à feu ? reprit le policier.

– Demandez à ce monsieur, répliqua-t-elle, excédée, en désignant Leroy par provocation. Il sait tout sur moi, il saura vous répondre.

– C'est vous que je veux entendre.

– Je n'ai plus d'arme.

– C'est vrai, confirma Leroy, elle ne fonctionnait plus. Nous nous en sommes débarrassés à Roquefort.

Elle ne put s'empêcher de lui jeter un regard stupéfait. Avec ce mensonge, il venait à son secours. Témoin ou auteur du meurtre, si son arme avait servi à tuer Simon Metz, Sorgue était finie. Celle employée pour tuer le contremaître, à Roquefort, celle qu'il lui avait retirée des mains lors de leur dernier jour au domaine familial, c'était lui, maintenant, qui la portait, dans la poche intérieure de son costume.

Leroy reprit la parole :

– Il existe un lien entre Simon Metz et la disparition d'une jeune bourgeoise parisienne, à Paris, l'année dernière. Avez-vous des informations à ce propos ?

Elle le scruta un moment sans lui répondre, complètement désarmée. Il la troublait en lui livrant une autre information importante. Il savait qu'elle s'était intéressée de très près à l'affaire Jeanne Desroselles et il taisait ce lien, comme il gardait pour lui la vérité à propos du tir mortel sur le contremaître. Elle ne savait plus que penser. Était-ce une nouvelle tactique de la police pour lui faire perdre ses repères ? S'agissait-il de la pousser à baisser la garde avant d'enfoncer le clou alors qu'elle se croyait sauvée ? Elle haïssait Leroy et, pourtant, elle n'avait d'autre choix que de s'en remettre à lui.

CHAPITRE 29

Paris, hôtel Desroselles, 21 avril 1906

Lucie traversa la ville en métro pour sortir sur le boulevard de Courcelles réputé pour ses mascarons, ses angelots sculptés et ses créatures bizarres à têtes de lion. C'était la tombée de la nuit, le seul moment de la journée qu'elle appréciait pour lui-même, quand la fraîcheur et l'obscurité formaient un bloc, mais elle n'arrivait pas à en profiter parce que la révélation du rouge-gorge l'avait perturbée. Combien de fois Jacques avait-il fait le malin, riant sous cape à l'idée qu'elle ne comprenne pas le double sens !

Dans le bâtiment principal de l'hôtel particulier, elle croisa la bonne et lui demanda où était son cousin. Sorti pour voir des amis, lui répondit-elle. Une fois à l'étage, elle hésita devant la porte de sa chambre, malgré l'envie de s'y réfugier. Ses pas la portèrent un peu plus loin, dans une autre aile du bâtiment, où se trouvaient les appartements de Jacques. Elle colla son oreille contre la porte sans entendre aucun bruit. Pas de lumière non plus. Sa main tremblait de ce qu'elle s'apprêtait à faire. Elle tourna la poignée et poussa la porte, faisant le vœu qu'elle soit verrouillée, mais elle s'ouvrit sans résistance, ce qui décontenança la jeune femme. Dans la chambre, un parfum de tabac imprégnait les tapisseries et les rideaux, mais flottait aussi une odeur plus âcre, celle de l'effort physique quand son cousin s'adonnait à l'exercice.

Immense et bien rangée, la pièce ressemblait à l'idée que se faisait Lucie d'un dortoir de caserne. Chaque chose à sa place. Deux livres à la reliure de cuir sur une étagère. Deux bibles. Le lit fait au carré. Aucun pli sur la couverture. Elle ouvrit la commode contenant des vêtements rangés avec soin dont elle fit l'inventaire rapidement, car elle cherchait les siens disparus, ses pantalons de nuit qui la caressaient dans son sommeil. Elle trouva seulement des habits d'homme et des objets aussi impersonnels que banals. Jacques n'était pas du genre à se confier à un journal intime.

Alors, elle jeta un regard circulaire à la chambre qui aurait pu abriter une dizaine de soldats. Tout ce luxe pour un seul homme. Des meubles de grande valeur. Un lit immense, qu'elle n'osait toucher de peur de le froisser et de trahir ainsi une visite impromptue. Mais dans combien d'histoires avait-on dissimulé des preuves sous le matelas ? Elle céda à la tentation en soulevant la couverture ; dessous, les draps entre lesquels sa main plongea étaient tendus comme des arcs. Ses doigts balayèrent le renfoncement à l'aveugle, sans rien découvrir, mais ensuite elle les essuya instinctivement sur sa robe. Puis elle souleva le matelas et procéda à la même opération lorsqu'elle sentit des pièces de tissu roulées en boule. En reconnaissant un de ses pantalons légers, elle eut un coup au cœur. Elle trouva aussi un de ses mouchoirs en soie qui portaient l'estampille brodée du fabricant et fut troublée de voir qu'il était taché, jaunâtre et dégageait une odeur incommodante.

– Bonsoir, Lucie, vous n'êtes pas prudente d'entrer ainsi dans une chambre de garçon.

Elle poussa un cri. Jacques se tenait là, bras croisés. Absorbée par sa découverte, elle avait oublié le danger et, maintenant, il était trop tard pour cacher ses trouvailles dans son dos.

– Vous m'inspirez, ma chérie, le savez-vous ?

Sa voix, forte, d'une assurance excessive, ne lui ressemblait pas. Elle comprit qu'il n'était pas dans son état normal, intuition confirmée par l'odeur d'alcool émanant de sa personne.

– Je pense souvent à vous, dit-il en s'approchant. Vraiment ! Vous me trottez dans la tête !

D'un pas rapide, il se posta en face d'elle, à quelques centimètres de son visage, la coinçant contre le lit. Alors il lui prit le menton entre le pouce et l'index et posa sa bouche contre la sienne.

– Laissez-moi tranquille ! cria-t-elle.

– Je sais ce que vous cherchez ! souffla-t-il en lui plaquant une main sur la bouche.

De l'autre, il tirait sur son corsage pour le dégrafer. Elle lui donna de toute sa force un coup dans la poitrine qu'il encaissa avec un regard appréciateur. Sa main fureteuse abandonna les agrafes pour retrousser sa robe, de manière inefficace car s'égarant dans les couches de vêtements. Agacé, il la poussa sur le lit et s'installa à califourchon sur elle. Lucie, paniquée, se tortillait et respirait avec difficulté. Il était tellement plus puissant qu'elle ! Et dans son œil valide, elle lisait le désir de la prendre de force.

Il attrapa enfin l'élastique de son sous-vêtement qu'il baissa jusqu'aux genoux et lui fit horriblement mal en appuyant sur ses cuisses de tout son poids. Ensuite, il déboutonna son pantalon pour sortir cette chose affreuse qu'il voulait introduire en elle. Saisi de l'urgence vitale d'assouvir sa pulsion, devenu un animal endolori de désir, il n'était plus lui-même.

Par miracle, elle réussit à dégager une de ses mains et à enfoncer les doigts dans son œil valide. À son tour, il poussa un beuglement et relâcha sa prise, alors elle se laissa glisser au pied du lit et se mit à appeler au secours. Elle criait à plein poumon en se précipitant sur la porte et s'engouffra dans le couloir où elle hurla encore et tomba dans les bras de la bonne qui, alarmée par le tapage, venait aux nouvelles.

CHAPITRE 30

Paris, hôtel Desroselles, 21 avril 1906

– Lavez-vous soigneusement, mademoiselle, lui conseilla la domestique à travers la porte, c'est de la plus haute importance.

Dans la salle de bain, sous le choc de l'agression qu'elle venait de subir, Lucie se frottait avec frénésie le visage, les mains et les parties intimes. Elle se sentait honteuse et sale. En bas, Serge Desroselles hurlait sur son fils. Jacques en prenait pour son grade. Un homme véritable savait se maîtriser au sein de son foyer ! Il lui restait du chemin à parcourir ! Et si l'histoire s'ébruitait ? Quel déshonneur pour la famille !

Quand Lucie eut terminé, elle se regarda dans un miroir pour se composer une façade, appréhendant ce qui allait suivre. La bonne l'accompagna jusqu'au salon avant de disparaître. Seuls le père et le fils se trouvaient là. La mère de Jacques, sortie pour ses bonnes œuvres, ignorait tout de la situation. Desroselles invita à s'asseoir la jeune fille qui posa ses mains sur ses genoux pour réprimer ses tremblements. Elle ne se sentait pas en sécurité. Son cousin, le visage rouge, lui jetait des regards mauvais, comme si elle était responsable de ce qu'il venait de se produire.

– D'abord, nous vous écoutons, Jacques, dit son père.

– Je vous demande pardon, Lucie, pour ces gestes malheureux, dit-il à contre-cœur. Je n'étais pas moi-même. Quand je vous ai vue dans ma chambre, je me suis mépris sur vos intentions. J'ai cru que vous m'aguichiez.

– Ce n'est pas du tout...

– Nous comprenons votre émoi, Lucie, la coupa Desroselles, et je vous garantis que cela ne se reproduira pas. N'est-ce pas, Jacques ? Je tiens à vous dire également que nous comptons sur votre discrétion. C'est une affaire embarrassante pour tout le monde, pour vous aussi hélas, et vous risqueriez de décevoir vos parents s'ils l'apprenaient.

Lucie n'en revenait pas.

– Mais...

– Vous connaissez l'interprétation que l'on donne à ce genre d'affaire ? Souvent la femme détient sa part de responsabilité. Par ses attitudes, elle envoie aux hommes des signaux dont elle n'a même pas conscience. Je ne voudrais pas que vous entachiez votre réputation par trop de bavardage. D'ailleurs, que faisiez-vous dans la chambre de Jacques ?

– Je cherchais mes vêtements disparus que j'ai retrouvés sous le lit, répondit-elle, glaciale.

Serge Desroselles foudroya son fils du regard.

– Nous vous en achèterons des neufs, reprit-il, encore plus jolis que ceux-là.

Lucie ne désirait qu'une chose, quitter le salon, fuir cette maison. Mais elle n'en avait pas fini.

– Autre chose, reprit Desroselles. La bonne nous a rapporté que vous aviez découvert le secret de Jeanne. J'espère que vous saurez encore une fois vous montrer discrète.

Tout à son émotion, Lucie s'emballa. Ses mots allèrent plus vite que sa pensée :

– Vous détestiez votre fille. Vous vouliez la faire enfermer.

Tomba sur le salon un silence de mort. Monsieur Desroselles n'en revenait pas. Les yeux lui en sortaient de la tête. Mais le naturel revenant au galop, il poussa un rire méprisant.

– Pour son bien, Lucie ! Pour la protéger ! Quelle idiote vous faites ! Quelle petite écervelée ! Vous croyez que nous nous fichons de son sort ? Peut-être a-t-elle fui le pays et vit-elle maintenant au fin fond de la campagne, parmi les animaux. Ou peut-être lui est-il arrivé quelque chose, ce que je redoute au fond de moi. Dans un cas comme dans l'autre, elle nous aura échappé. Jeanne n'était pas fiable. Elle fuguait, elle mentait. Elle nous faisait honte. Nous avons pensé à l'enfermer, oui, mais elle a réussi à s'enfuir. Cela dit, peut-être avez-vous quelque chose de neuf à nous apprendre ?

– Je sais au moins une chose, dit Lucie en coulant un regard à Jacques : Jeanne se sentait menacée.

– Par qui ?

– Par son frère.

Le père la regarda avec sidération.

– Que voulez-vous dire exactement ? Vous pensez que mon fils a quelque chose à voir avec la disparition de sa sœur ? Si la situation n'était pas aussi dramatique, j'éclaterais de rire. Vous êtes folle ! Je n'ai jamais rien entendu d'aussi stupide. Où étiez-vous, Jacques, lors de l'enterrement de la putain rouge, et les jours qui ont suivi ? Dites-le.

– À la caserne, maugréa-t-il.

– À la caserne, oui, je n'irai pas plus loin dans les détails qui ne sont pas à votre honneur. En tout cas vous étiez enfermé, c'est une certitude. Voyez-vous, mon fils, vu les circonstances, votre projet d'union avec votre cousine tombe à l'eau. Un homme se doit de se marier pour son équilibre, certes ; on ne peut pas passer sa vie en maison ou à regarder par le trou de la serrure. Quantité de femmes seraient fières de se promener à votre bras. Mais celle-là n'est pas faite pour vous, c'est une certitude.

Jacques blêmit. Lucie comprenait enfin. C'était donc pour cette raison que sa famille l'avait envoyée à Paris dans cette période troublée, afin d'organiser une rencontre avec Jacques qui avait pour projet de la séduire et rêvait de fiançailles. Après tout, le lien familial les unissant n'était pas si proche. Les pères étaient cousins. Ils auraient trouvé un arrangement avec l'église. Lucie se sentit pleine de colère envers sa famille d'avoir organisé ce stratagème. Combien de fois avait-elle entendu sa mère dire sur le ton de l'évidence qu'un beau mariage commençait parfois de manière fortuite mais qu'il fallait saisir les opportunités. Ses parents se vantaient d'avoir une vision libérale de la place de la femme dans la société, mais en réalité, Lucie n'avait pas son mot à dire.

– Vous pouvez disposer, mademoiselle, dit Desroselles. J'écris de ce pas à vos parents et je vous réserve un billet de train dès que possible.

Ils la dégoûtaient, tous, autant qu'ils étaient. Folle de rage, elle sortit du salon pour se réfugier dans sa chambre.

CHAPITRE 31

Paris, 23 avril 1906

Les ouvriers se rassemblaient devant la Bourse du travail car l'arrestation dans le Nord des responsables syndicalistes avait déclenché une vague de colère. L'espoir de frapper un grand coup s'amenuisait et, derrière l'inquiétude, commençait à poindre la résignation. Les mineurs, ayant voté la suspension de la grève, ne viendraient pas à Paris. Ils lâchaient l'affaire, au désespoir des Parisiens qui avaient longtemps rêvé de mettre les gueules noires en tête de cortège.

Quelques groupes d'ouvriers voulaient manifester sur-le-champ car ils avaient besoin de faire quelque chose, n'importe quoi, pour se redonner du courage. Parmi eux, Pelletier avait l'impression d'avoir défilé toute sa vie, d'avoir fait plusieurs fois le tour du globe en chantant *L'Internationale*.

Elle repéra Suzanne qui, appuyée contre le pied d'un lampadaire, tenait dans ses bras une bouteille au goulot de laquelle était accrochée une tétine. L'ouvrière buvait de petites gorgées de temps en temps. Son visage abîmé avait l'aspect d'une surface dure, dénuée d'émotion. Même l'alcool ne lui procurait plus de joie. Elle entonna un *Ça ira* d'une voix avinée, sans faire d'émules.

– Encore vous ! lui dit-elle.

Avant que Pelletier réponde, François s'approcha, accompagné d'un homme aux cheveux roux.

– Arrête de chanter, Suzanne, dit sèchement ce dernier. Tu nous casses les oreilles.

Pelletier le classa tout de suite. Regard mauvais, mégot au coin des lèvres, chemise ouverte, il s'habillait comme un de ces apaches passés de mode. Tout à fait le genre d'homme à piquer un coup de sang. Méfiance.

À partir de la place de la République, ils remontèrent les trottoirs du boulevard Magenta en direction de la gare de l'Est, collant partout sur les murs, les vitrines et les voitures, les papillons rouges réclamant les huit heures. La semaine d'avant, d'autres hommes – ou peut-être étaient-ce les mêmes – avaient fait ce boulot que la police défaisait. À chaque coin de rue, des agents grattaient les papillons avec ardeur.

– Une fois, j'ai mis du verre pilé dans la colle, dit le rouquin, et je me suis planqué au coin d'une rue. Une vieille bourgeoise a gratté avec ses ongles. Ça ne lui plaisait pas, les huit heures. Les hurlements qu'elle a poussés en voyant ses doigts en sang !

Il en riait encore. Pelletier prit Suzanne par le coude.

– Je veux revenir sur votre discussion avec Lucie, dit-elle. Vous connaissiez Jeanne depuis longtemps ?

– C'est pour ça que vous me suivez à la trace, pour me parler d'elle ? répliqua vivement l'ouvrière.

– J'essaie de comprendre la nature de votre relation.

– Comprendre quoi ? Comment deux femmes issues de rangs opposés peuvent se fréquenter ? Je vais vous donner la réponse, alors : elle était généreuse.

Pelletier comprit soudain que l'ouvrière agissait comme une mouette à la remorque d'un bateau de pêche, heureuse de picorer des poissons sans fournir beaucoup d'efforts. Peut-être y avait-il une réelle entente mais le motif pécuniaire permettait de dépasser les clivages. Jeanne appartenait à la grande bourgeoisie. Basculer du côté du peuple n'était pas une chose aisée, même s'il existait des exemples, en particulier dans les milieux intellectuels. Quelles affinités pouvaient avoir ces femmes ? Une chose était sûre : les amitiés ne traversaient pas les classes sociales ou alors elles s'éteignaient vite, vaincues par la jalousie et la frustration.

– Je sais ce que vous pensez. Mais pour être honnête, il n'y avait pas que l'argent. Je l'aimais bien, aussi, car elle voulait faire quelque chose de sa vie, sans se sentir redevable à sa famille. Elle me disait toujours qu'elle voulait repartir de zéro.

– Elle aurait fui Paris pour recommencer sa vie quelque part ?

– Ce serait beau, n'est-ce pas ? dit Suzanne tristement.

Pelletier n'y croyait pas, pensant qu'à la première

difficulté, une jeune bourgeoise serait retournée au bercail. Son regard se porta sur les deux ouvriers qui avaient tenu un conciliabule quelques pas devant elles. Le rouquin se mit à jouer au joli cœur, cherchant les femmes du regard, s'approchant et leur glissant un mot à la sauvette. Suzanne, ravie de jouer à l'entremetteuse, lui donna des conseils. À celle-là, il avait tapé dans l'œil. Telle autre faisait sa mijaurée. Un bel homme comme lui n'avait que l'embarras du choix ; il pourrait même gagner sa vie avec deux ou trois filles. Par contre, lorsque des femmes s'approchaient de François, elle leur ordonnait de déguerpir en faisant de petits gestes du dos de la main. Ça se voyait qu'elle était soûle. Elle tira même cruellement les cheveux d'une ouvrière ayant déjà vu son homme faire son numéro. La fille, choquée, s'apprêtait à répliquer mais le regard de Suzanne l'en dissuada. Elle n'avait pas envie, pour une œillade, de se battre avec une cinglée.

La relieuse emprisonnait le bras de son mari dans le sien, marquant ainsi son territoire. Cet homme lui appartenait. Gare à qui viendrait le lui disputer ! Mais la scène sonnait terriblement faux. François, gêné, regardait ailleurs. Son ami levait les yeux au ciel. Elle leur tapait sur les nerfs.

– Je passe la soirée avec Albert, dit le mime. Je rentrerai tard.

– Et moi ? demanda Suzanne.

– Tu n'es pas invitée, répliqua le rouquin. On ne veut pas qu'une femme nous emmerde.

– Ça me fait rien, répondit-elle, bravache, je trouverais de quoi m'occuper.

Elle téta de longues gorgées d'eau-de-vie et s'essuya la bouche du revers de la main.

– Ne force pas sur la bibine !

– Tes conseils, je m'en fous !

Lui tournant le dos, Albert et François la laissèrent en plan. Elle les regarda partir, le visage frappé d'une incommensurable tristesse.

– Suzanne ?

– Vous êtes toujours là ? Laissez-moi tranquille, je ne veux plus parler de Jeanne.

Elle se détourna du cortège des manifestants. Madeleine Pelletier se mit à la suivre. L'ouvrière marchait droit malgré ce qu'elle avait bu, en soliloquant à grand renfort de gestes. Le docteur était trop loin pour entendre ce qu'elle disait mais les passants faisaient en sorte de ne pas croiser son regard, car ils n'avaient aucune envie d'entamer la conversation avec cette pocharde. Suzanne connaissait sa destination, remontant les boulevards sans hésiter, s'arrêtant à l'occasion pour téter une gorgée de son biberon avant de repartir. Dans le parc à côté de l'hôpital militaire, des soldats qui prenaient le soleil sur la pelouse la reconnurent.

– Viens Suzie, viens ma putain !

Ils tapaient sur leurs cuisses et faisaient les bruits de bouche qu'on utilise pour appeler un chien. Viens, ma grande, viens là ! Ça ne doit pas être facile, pour toi, avec une main en vrac ! C'est gratis aujourd'hui ? Elle rit en se débarrassant de ses chaussures. Elle leur passait un bras autour du cou. Elle plongeait sa langue dans leurs oreilles. Ce n'était jamais gratis. S'ils voulaient quoi que ce soit, fallait aligner le fric. Ils se cotisèrent, retournant volontiers leurs poches. Un militaire lui montrait le petit trésor dans le creux de ses mains jointes et reculait pour l'attirer vers lui. Un autre l'attrapa par-derrière et la souleva dans le creux de ses bras, la portant telle la victime d'un rapt ou une mariée vers le lit nuptial. Elle mordillait sa tétine en essayant de toucher la poitrine de l'homme devant elle du bout de son pied nu. Ils se rendirent derrière des arbres et des buissons qui les dissimulaient à peine tandis que les autres soldats attendaient leur tour.

Pelletier se rappelait les marques que la jeune relieuse portait sur le corps. L'idée de ce qui allait se produire lui était insupportable.

– Suzanne, venez avec moi, dit-elle d'une voix autoritaire, en avançant vers le bosquet.

Les militaires la regardèrent en se demandant d'où elle sortait, celle-là. Et pour qui elle se prenait ? Et qu'est-ce que c'était que ce déguisement !

– Cette femme est malade, dit-elle, pour instiller le doute en eux. La vérole vous inspire ? Les chancres qui vous rongent petit bout par petit bout ? Regardez-la ! On ne peut pas dire qu'elle respire la santé.

C'est vrai qu'elle n'était pas belle à voir, un squelette ambulant avec des croûtes sur le visage et le blanc des yeux d'un jaune sirupeux. L'idée de la culbuter perdait de son charme. Refroidis, les militaires libérèrent Suzanne qui se retrouva debout, sur ses jambes flageolantes.

– Qu'est-ce que vous racontez ? demanda-t-elle à Pelletier qui l'entraînait de force, loin des hommes. Ça va pas ! Laissez-moi tranquille !

Elle se laissait conduire, engourdie par l'alcool ingurgité, sans force. Elle aurait fini ivre morte dans les bosquets avec tous les militaires qui lui seraient passés dessus, lui expliqua Pelletier, ils lui auraient même repris l'argent tandis qu'elle aurait été inconsciente. C'était déjà arrivé, à coup sûr ! Suzanne, qui ne voulait rien entendre, déblatérait des insanités. La tétine dans la bouche, elle s'accrochait à sa bouteille avec la volonté farouche de s'engloutir. Le docteur la gifla pour la ramener à la réalité. L'ouvrière poussa un rire qui faisait froid dans le dos et pointa le doigt sur Madeleine Pelletier.

– Je vais vous le dire, maintenant, dit-elle, qu'est-ce que je m'en fiche ! Jeanne est morte, mais je ne ne suis pas la seule à l'avoir tuée. Vous avez votre part de responsabilité, vous qui prétendez protéger les femmes ! C'est de votre faute à vous aussi !

CHAPITRE 32

Paris, 22 janvier 1905

Suzanne avait suivi le cortège jusqu'au cimetière de Levallois-Perret, pour rendre un dernier hommage à la Louve, lorsqu'une femme ayant revêtu pour l'occasion des vêtements de deuil vint se placer à ses côtés. Avec son voile noir sur le visage, il était difficile de reconnaître Jeanne Desroselles. C'était volontaire de sa part car elle s'était enfuie de chez ses parents et ne voulait surtout pas qu'ils la retrouvent. Qu'est-ce qu'elle avait entendu ! Elle commettait le crime le plus grave en ruinant l'honneur de la famille. Ils avaient déjà tout prévu pour dissimuler sa grossesse, en projetant de l'envoyer ailleurs, dans un couvent où les sœurs ne la lâcheraient pas d'une semelle, ou pourquoi pas une maison de folles. Mais elle tenait à sa liberté beaucoup plus qu'ils ne l'imaginaient.

– J'ai trouvé la solution à ton problème, dit Suzanne.

– Vrai ? demanda Jeanne d'une voix hésitante.

– Tu veux le garder ?

– Ah, non ! Pas question. Par contre, j'ai entendu de drôles de choses. Il paraît que c'est une méthode dangereuse.

– Une vieille ouvrière m'a tout expliqué, la rassura-t-elle en lui passant un bras autour des épaules. Tu ne cours aucun risque. Le bébé se décroche aussi sec. Certaines femmes ne ressentent rien, d'autres attrapent la chiasse, mais c'est tout. Si tu veux, tu peux faire ça ce soir, chez moi, tranquillement. Nous serons entre nous.

– Le temps presse, admit Jeanne. Si je veux quitter Paris, il vaut mieux m'en débarrasser maintenant. Toute seule, je n'aurais jamais le courage. C'est d'accord, Suz'. Et je te paierai largement pour le service. J'ai volé de l'argent à maman. Si elle savait pourquoi, elle tomberait raide morte.

Elle ouvrit alors un joli petit porte-monnaie en tissu vert, orné de perles de nacre, rempli de pièces jusqu'à la gueule. Le visage de Suzanne s'éclaira à la vue de cette manne providentielle. Il y avait de quoi faire la bringue pendant une semaine, payer des pots à tous les copains avec qui elle était en dette.

Sur le catafalque, se succédaient les orateurs rivalisant en anecdotes sur la Louve, qui parlaient d'une voix tremblante, chargée d'émotion. Les deux jeunes femmes en eurent vite marre des discours et des violons. L'hagiographie avait ses limites et des affaires autrement plus sérieuses les attendaient.

– Le peuple vénérait Louise Michel. Tu es triste pour elle ? demanda Jeanne sur le chemin du retour

– Oh, elle avait fait son temps, la vieille ! répondit Suzanne.

Elles avançaient d'un bon pas en se tenant par le coude, donnant l'illusion de deux amies ravies de se retrouver et prirent le tramway pour rentrer à Charonne. Quand elles arrivèrent devant la bicoque glaciale de la rue Planchat où logeait l'ouvrière, il commençait à faire nuit et la mince couche de neige tombée dans l'après-midi se transformait en boue sous leurs pas. Le voisin, Simon Metz, qui se tenait à la fenêtre, les regarda passer.

Près du poêle trônait le fameux lit dont Suzanne était si fière. Le matelas, mince et dur, conviendrait très bien à Jeanne, décidée à se passer de confort pendant un bout de temps. Elle s'imaginait s'enfuir en province où elle recommencerait sa vie. Surtout, elle ne voulait plus rien avoir à faire avec sa famille. Les deux jeunes femmes parlèrent un petit moment mais leur conversation, forcée, finit par s'éteindre.

– Faisons-le, maintenant ! décida Jeanne, qui n'en menait pas large.

– Je vais te bichonner, tu vas voir !

L'ouvrière sortit d'un tiroir deux grandes boîtes d'allumettes qu'elle vida sur la table. Au bout de chaque tige en bois saillait une petite boule de matière blanche. Du phosphore. Elle détacha suffisamment de pâte pour en remplir le fond d'une tasse, l'écrasa avec un pilon et goûta de la pointe de la langue les résidus collés sur ses doigts.

– Ce n'est pas bon, dit-elle en grimaçant. Mais avec une tisane, ça va passer.

– Tu es sûre du dosage ?

– Mais oui, ma belle, ne t'inquiète pas.

Elle fit infuser des plantes et versa dans la tasse le liquide jaunâtre. La pâte de phosphore prit une couleur bizarre dans l'eau et des grumeaux apparurent à la surface. Jeanne réchauffa ses mains autour de la tasse. Elle n'osait pas approcher ses lèvres du bord ni dire qu'elle éprouvait l'étrange sentiment d'être condamnée, tandis que le regard de Suzanne, plein d'impatience, se posait sur elle.

Alors, elle se lança et but le breuvage au goût immonde d'ail fermenté sous les encouragements de son amie qui la félicitait à chaque gorgée. Secouée par des haut-le-cœur, elle se sentit sur le point de vomir, mais en contrôlant sa respiration, les nausées finirent par se dissiper. Il n'y avait plus qu'à attendre.

– Prends les sous dans mon porte-monnaie, dit-elle en allant s'étendre sur le lit.

Suzanne lui apporta des couvertures et s'allongea contre elle pour lui tenir chaud. Elles jouèrent aux cartes un petit moment pour tuer le temps. Il ne se passait rien. Jeanne se dit même que cela ne fonctionnait pas jusqu'à l'apparition des premières crampes, suivies de douleurs intolérables et des hurlements qu'elle entendait, au loin, issus de sa propre gorge.

* * *

Paris, 23 avril 1906

– Jeanne m'a demandé d'appeler un médecin mais je ne voulais pas, dit Suzanne, parce que je pensais qu'elle allait se rétablir. Et puis j'avais la frousse. Une fille de haut rang qui s'empoisonne chez une ouvrière... on m'aurait accusée de meurtre ! J'ai essayé de la rassurer mais elle me regardait avec horreur. Elle me suppliait d'avoir pitié d'elle. Elle m'implorait mais je l'empêchais de se lever. Je lui ai même plaqué une main sur la bouche pour étouffer ses cris alors qu'elle se tordait de douleur. Et puis tout s'est passé très vite. Son visage est devenu jaune, elle s'est mise à vomir et elle a perdu connaissance.

Suzanne décrivait un choc toxique dû à l'empoisonnement au phosphore.

– Quand François est rentré, il a essayé d'entendre son cœur mais il ne battait plus. On a décidé de ne rien dire à personne.

– Qu'avez-vous fait du corps ?

La question la gêna. Elle regarda le sol.

– On s'est débrouillés ! Je n'ai pas envie de vous le dire. Cette histoire, je n'arrive pas à m'en débarrasser. Elle nous revient dans la gueule tout le temps. À Courrières, et ici, alors qu'on croyait être tranquilles. Jeanne, je rêve d'elle toutes les nuits. Si vous l'aviez avortée lorsqu'elle est venue chez vous, rien de tout cela ne serait arrivé ! C'est de votre faute, à vous aussi ! Vous allez faire quoi, maintenant ? Nous dénoncer ?

La question ressemblait à une supplication.

– Si vous voulez parler à la police, faites-le vous-même ! répondit Pelletier.

L'ouvrière voulut boire une gorgée à sa tétine mais poussa un soupir de frustration en se rendant compte que sa bouteille ne contenait plus rien. Puis, hagarde, elle regarda un moment le nom des rues avant de prendre la direction du quartier de Charonne.

Madeleine Pelletier était navrée. Des centaines de femmes succombaient chaque année à cause du phosphore ingéré comme poudre abortive. Il existait des tas de moyens pour se débarrasser des enfants, depuis des millénaires, à l'aide de tisanes d'herbes ramassées dans les fossés au risque d'une infection généralisée ou en se jetant dans les escaliers. Les filles, bien sûr, parlaient de ce genre de choses à l'école, elles se donnaient des trucs, des recettes, parce qu'elles avaient toutes entendu des histoires de femmes se faisant avorter. Le phosphore était à la mode, radical et facile à trouver. La rumeur populaire disait que ça donnait mal au ventre, rien de plus.

Pelletier regrettait de ne pas avoir proposé l'avortement à Jeanne Desroselles dès leur première rencontre. Si une femme voulait avorter, elle avait ses raisons, ce n'était pas à un médecin de tergiverser en posant des questions pernicieuses : « Avez-vous vraiment bien réfléchi ? Enfreindre la loi ne vous gêne pas ? Votre père et votre mère ont-ils donné leur accord ? » Elle possédait le matériel requis dans le cabinet et avait conduit l'opération à de nombreuses reprises sur les corps de ces femmes tendus comme des arcs. Elle s'était bien débrouillée jusque là, aucune infection ne s'étant déclarée par la suite. La boule graisseuse et sanglante tombait dans le seau et c'en était terminé.

CHAPITRE 33

Paris, 24 avril 1906

Tourmentée par l'agression de son cousin et la trahison de sa famille, Lucie ne dormit pas de la nuit. Dès qu'elle fermait les yeux, lui apparaissait l'image de Jacques sortant son engin pour la violer. Elle se sentait en danger dans sa chambre, alors elle avait poussé contre la porte une petite commode qui laissa des rayures sur le parquet. La vue des lattes abîmées lui procura une joie mauvaise. Elle passerait en plus pour une souillon. La liste des griefs que Serge Desroselles adresserait à son père devenait vertigineuse.

Au matin, elle se força à quitter sa chambre. Imaginant que son cousin cherche à se venger, elle tremblait d'avance à l'idée de le croiser au détour d'un couloir. En bas, la bonne lui servit son petit-déjeuner en silence. Quand Lucie lui demanda où était Jacques, elle se réfugia dans sa cuisine sans lui répondre. Le personnel avait reçu des consignes. La jeune femme comprit qu'elle ne trouverait dans cette maison ni soutien ni compassion. Au contraire, Serge Desroselles ne manquerait pas, au moindre problème avec son fils, de la rendre responsable. Alors, avait-elle une raison de rester en ce lieu ?

Elle enfila son manteau et sortit dans la cour d'où elle gagna les écuries, passant devant les domestiques occupés à caresser le mufle de la vache qu'ils avaient parquée dans le nouvel enclos, tout heureux de ce divertissement. Les chiens lui firent la fête. Ils l'adoraient, maintenant qu'elle avait remplacé dans leur cœur leur ancienne maîtresse. Elle se tint un moment devant la porte de service, s'attendant à ce qu'un larbin l'interpelle parce qu'elle s'imaginait assignée à résidence, à cause des événements de la veille, mais rien ne se produisit. Ils se fichaient de ce qu'il pouvait lui arriver. Tant mieux, cela l'arrangeait. Elle se retrouva dehors sans encombre et courut prendre le métro.

Elle commençait à connaître Paris, maintenant, et récitait en même temps que le poinçonneur le nom des arrêts de la ligne n° 2. Mais elle restait sur ses gardes et se retournait, inquiète à l'idée que Jacques la suive à la trace, tapi dans l'ombre, soi-disant absorbé par la contemplation des réclames sur les quais. Ne le voyant pas, elle se détendit au fur et à mesure du voyage, même si son cœur s'emballa au moment où elle descendit à l'arrêt Rue de Bagnolet, lorsqu'une silhouette, à trois wagons de distance, se livra à un drôle de manège, posant le pied sur le quai pour reculer aussitôt dans le compartiment. Sans plus attendre, elle courut vers la sortie, pressée de se retrouver à l'air libre.

Lors du pique-nique aux fortifications, Suzanne avait expliqué qu'elle habitait rue Planchat. Lucie prit cette direction. Elle voulait encore parler de sa cousine avec l'ouvrière car elle avait l'intuition que cette dernière ne lui avait pas tout dit. De temps à autre, elle se retournait pour déjouer une éventuelle filature, sans rien remarquer.

Le quartier qu'elle découvrit lui causa un choc : un ensemble de vieux bâtis, des baraquements en matériaux de récupération, une puanteur lourde et prégnante dont les vêtements des habitants gardaient des effluves. L'hygiènisme était un mot creux dans ce quartier de la ville. Plusieurs jeunes hommes rassemblés dans la rue, assis autour de tables de fortune, jouaient aux cartes ou aux dés, exultant comme des enfants lorsqu'ils remportaient la partie. Elle se garda de leur adresser la parole ; ils auraient pu s'imaginer des choses. Un peu plus loin, elle aperçut une vieille femme aux cheveux sales ornés d'un ruban rouge, assise sur un banc, en gardienne d'une maison de laquelle provenaient des soupirs. Elle lui demanda si elle connaissait Suzanne et François Michaux. La vieille lui indiqua la maison, fière de lui dire qu'elle avait grandi dans le quartier, qu'elle en était la mémoire, d'ailleurs elle avait une mémoire d'éléphant. Lucie avait-elle déjà vu une de ces bêtes ? Elle, oui, à l'Exposition universelle, et puis une autre fois dans un cirque, mais le pauvre diable était rongé par la vermine. Lucie eut alors l'idée de sortir la photo de Jeanne.

– Avez-vous déjà vu cette femme ? lui demanda-t-elle.

La vieille colla l'image sous ses yeux plissés.

– Oh oui, bien sûr que je m'en rappelle, une jolie dame. Elle riait avec Suzanne. On aurait dit deux gamines.

– Vous êtes sûre ? demanda Lucie, surprise de cette précision, se demandant si la vieille essayait de l'embobiner.

– Oh, mais je ne suis pas folle. Je leur ai fait des reproches. Elles n'avaient pas le droit d'être aussi heureuses le jour de l'enterrement de la Louve.

– Vous êtes sûre ?

– Certaine ! Elles portaient toutes les deux une tenue de deuil.

La jeune femme eut l'impression de recevoir un coup de poing à l'estomac. L'ouvrière avait rencontré Jeanne le jour de sa fuite et elles étaient revenues ici. Suzanne n'avait pas pu se tromper ? Mais alors, pour quelle raison lui aurait-elle menti ? Lucie pensa retourner chez les Desroselles pour demander leur aide, mais elle ne put se résoudre à cette idée. Malgré son effroi, elle voulut en avoir le cœur net.

Elle approcha de la maison indiquée par la vieille, où elle vit Suzanne, assise à même le sol, sa robe relevée sur ses jambes. Mon Dieu qu'elles étaient abîmées ! Et le pansement sur sa main, d'une couleur repoussante ! Elle dégageait une puanteur à se boucher le nez ! En la reconnaissant, le visage lessivé de l'ouvrière se transforma, lassitude, hostilité, colère, désespoir.

– Encore vous !

– Je me suis sauvée, moi aussi, dit la jeune femme.

– Comme votre cousine. Un bon conseil, alors, rentrez chez vous !

– S'il vous plaît, Suzanne ! J'ai appris qu'on vous a vues, toutes les deux, ici même, le jour de l'enterrement de la Louve.

– Vous avez découvert ça ! s'étonna l'ouvrière tandis que François sortait de la bâtisse en compagnie d'un grand homme roux coiffé d'une casquette à visière. Si vous voulez savoir ce qui est arrivé à votre cousine, demandez à Madeleine Pelletier. C'est elle la responsable !

– Quoi ?

– Qu'est-ce qu'il se passe, Suzanne ? demanda le mime. Encore la petite bourgeoise ?

– Dites-moi la vérité, bon sang, cria Lucie, sinon, je m'adresse à la police.

Le coup partit direct. Une gifle en plein visage. Le rouquin avait agi tellement vite que Lucie n'avait pas eu le temps de lever les mains pour se protéger. Sous le choc, elle recula mais l'homme avançait sur elle pour la frapper encore. Son regard, terrible, débordait de haine et d'envie de meurtre.

Sans comprendre ce qu'il lui arrivait, elle se retrouva jetée au sol. Quelqu'un venait de la bousculer. En relevant la tête, elle reconnut Jacques qui se tenait debout dans une posture de boxeur. Il l'avait suivie, en fin de compte et elle n'avait rien remarqué. Malgré la peur qu'elle éprouvait à son égard, elle comprit qu'il intervenait pour la protéger et elle lui en fut reconnaissante. Il tournait nerveusement la tête d'un côté à l'autre pour ne pas se laisser surprendre dans son angle mort. Puis son regard s'arrêta sur Suzanne.

– Mais je la reconnais cette putain ! s'écria-t-il. C'est le caniveau des troufions de l'hôpital militaire. Elle est connue pour faire tout ce qu'ils veulent. J'ai assisté de mes yeux à des scènes à vomir.

Lucie se décomposa. Pourquoi se livrait-il à une provocation, à ce moment-là ? Était-il fou ? François ne réagissait pas, les bras ballants, pétrifié, au contraire du rouquin qui jeta son bras en arrière avant d'abattre son marteau sur Jacques. Sentant le coup venir, son cousin se décala mais pas suffisamment ; la masse métallique lui fracassa l'épaule. Il poussa un cri de bête, le visage déformé par la douleur. Ce que Lucie vit ensuite lui donnerait des cauchemars pendant des années. Profitant de la faiblesse de son cousin, l'agresseur lui asséna un autre coup de marteau sur le côté du cou. Il s'effondra. L'homme posa alors son pied sur le dos de sa victime, leva la masse à deux mains à la manière des bouchers estourbissant les bêtes et l'abattit sur le crâne de Jacques qui se brisa.

Le hurlement qu'entendait Lucie sortait de sa propre gorge. Elle courut en direction du boulevard de Charonne, un peu mieux fréquenté, se retournant parfois sans voir de poursuivants. Elle s'effondra sur le trottoir, en pleine crise, appelant à l'aide les passants qui la regardaient affolés.

– La police ! pleurait-elle. Un médecin ! Je vous en supplie, au secours !

Un attroupement grandit autour d'elle. Des voix essayaient de la réconforter. Bientôt, des policiers arrivèrent à qui elle expliqua la situation. Ils alertèrent des renforts et se rendirent dans la rue Planchat. Lucie se précipita auprès de son cousin dont le corps gisait au même endroit. Il était encore vivant, les deux yeux ouverts, celui en verre et le valide qui allait en tous sens, affolé, pris au piège dans sa cage.

Le sang filtrait de son crâne défoncé. C'était impossible de guérir d'une telle blessure. Les deux mains de Lucie étaient rouges de sang. De sa voix entrecoupée de sanglots, elle lui demandait de lui parler, pitié, qu'il lui parle, qu'il tienne le coup, on allait lui réparer ça, la médecine faisait des miracles de nos jours, mais il ne répondait pas.

CHAPITRE 34

Paris, 25 avril 1906

Les larges verrières de la gare d'Austerlitz illuminaient les quais grouillant de militaires, au point que Leroy se serait cru un jour de grandes manœuvres. Des troufions allongés à même le sol, autour de leurs fusils disposés en faisceaux, regardaient avec morgue et sans bouger d'un pouce les passagers qui les contournaient tant bien que mal. Personne ne se risquait à faire des remarques aux enfants chéris de la nation ; au contraire, des voyageurs leur soufflaient des encouragements, ils comptaient sur eux pour maintenir l'ordre. Dans la ville, au rythme des tambours, des divisions entières marchaient sur les Grands Boulevards, coupant net la circulation et, à chaque coin de rue, des patrouilles contrôlaient systématiquement les prolétaires.

Clemenceau secouait toutes les casernes de France au-dessus de Paris et les soldats dégringolaient sur la ville. En montrant qu'il prenait les choses en main, le vieux poursuivait ses manœuvres électorales. Dès qu'on parlait de sécurité, les bulletins tombaient dans les urnes par poignées.

À quelques pas de Notre-Dame, la préfecture occupait une ancienne caserne remise au goût du jour, un ensemble de pierres sombre et massif, autant le berceau de la police que la forteresse inexpugnable de la République. Leroy se dirigeait vers l'entrée quand il fut pris d'hésitation. Il avait plus urgent à faire que de répéter des mensonges à ses supérieurs. Sa priorité consistait à comprendre le niveau d'implication de Sorgue dans la mort de Simon Metz. Il trouverait la vérité. Dans le meilleur des cas, il la mettrait hors de cause. Et si la vérité ne lui plaisait pas, tant pis, il l'arrangerait à sa guise. Il s'était joué de la citoyenne en la trahissant. Maintenant il ferait ce qu'il faut pour lui éviter la prison, ou pire. Ce n'était pas tant de régler la dette qu'il avait envers elle parce qu'elle lui avait sauvé la vie que d'agir en fonction de ce qu'il ressentait. Il s'était voilé la face jusque là, mais à force de vivre à côté de la citoyenne, il avait fini par éprouver des sentiments à son égard. Et il ne s'agissait pas seulement de la considération. C'était bien plus fort que cela.

Et puis, au-delà de ses rapports avec la citoyenne, l'idée de matraquer les prolétaires lors du premier mai l'indisposait. Le Grand Soir n'avait aucune chance d'arriver, il l'avait compris depuis longtemps. Les ouvriers s'illusionnaient d'un avenir meilleur avant de retomber dans le néant du quotidien. C'était peut-être ce dont ils avaient besoin pour survivre, une aspiration commune, ouvrir une parenthèse d'espoir même si le pouvoir la refermerait les armes à la main. Leroy ne participerait pas à la répression. Il laissa la préfecture derrière lui et pour la première fois depuis longtemps, une sensation de légèreté s'empara de lui.

Sa seule piste consistait en l'adresse de l'atelier de ferronnerie inscrite dans le livret ouvrier de François Michaux. Il se rendit place de la République. Des policiers en grand nombre circulaient dans la rue du Château-d'Eau, là où se dressait l'immeuble de la Bourse du travail. Ils inscrivaient dans leur calepin les allées et venues des têtes connues. L'atelier se situait au bout de la rue de Lancry, non loin du canal Saint-Martin. Une fois sur place, il constata qu'un incendie avait eu lieu dans le bâtiment dont seules restaient des ruines noircies par le feu. Un homme à bout hurlait des ordres. Les ouvriers sous sa coupe faisaient le gros dos. Leroy lui montra sa carte de police.

– Enfin vous vous intéressez à cette histoire ! dit le patron, furieux.

– Vous êtes le propriétaire de cet atelier ?

– Plutôt de ce qu'il en reste ! Vous avez mis le temps ! L'incendie ne peut pas être un accident. Impossible. Je fais toujours très attention aux fourneaux. Les pompiers m'ont parlé d'une odeur de pétrole et ils ont trouvé un bidon renversé dans la cour. Quelqu'un a mis le feu chez moi. Et j'ai ma petite idée : le fou furieux qui a tué mon chien, un homme avec des rouflaquettes, un apache dénommé Albert ! Il a menacé de réduire mon atelier en cendres !

– Vous avez transmis ces informations au commissariat ?

L'homme fut pris d'un doute.

– Vous n'enquêtez pas sur l'incendie ?

– Je laisse ce travail à mes collègues d'arrondissement. En réalité, je cherche un de vos employés, François Michaux.

– Ah, le saltimbanque ! Je l'ai renvoyé, il y a quelques jours. De toute façon, il ne venait plus. Ce monsieur préférait s'adonner à la grève. Mais peut-être a-t-il quelque chose à voir avec l'incendie, lui aussi. D'ailleurs, un de mes gars peut vous informer. Ils avaient l'air de s'entendre, tous les deux. Hippolyte !

En entendant son nom, l'homme chauve posa sa brouette pleine de gravats et s'approcha.

– Un monsieur de la police, pour toi !

L'ouvrier ôta sa casquette pour la tenir entre ses mains, à hauteur de son ventre, en signe de déférence. Il était fébrile. La police faisait cet effet sur la plupart des prolétaires. Quand Leroy lui posa ses questions, l'homme avala sa salive avec difficulté et jeta un coup d'œil de biais à sa brouette. Il aurait aimé qu'on le laisse tranquille afin de retourner à son travail où tout était simple.

– Répondez ! insista Leroy, à moins que vous ne préfériez que je vous emmène au commissariat pour l'interrogatoire.

– Je suis allé une fois chez lui, lâcha-t-il, dans le quartier Charonne, rue Planchat, à l'endroit où les petites maisons serrées les unes contre les autres donnent l'impression qu'elles vont s'écrouler à tout moment. C'est là-bas.

Leroy sentit qu'il s'approchait du but. Il avait entendu parler récemment de ce quartier. D'après les documents qu'il avait consultés à Lens, c'était là-bas qu'habitait Simon Metz. Le mime et lui étaient voisins dans cette rue de Paris. C'était trop beau pour être une coïncidence.

CHAPITRE 35

Paris, 25 avril 1906

– Je vais y aller, maintenant, changer la face de l'Histoire ! dit Albert. Pas question d'attendre que les flics me tombent sur le paletot. Direction Argenteuil. Je vous conseille de ne pas traîner dans le coin.

Sous le regard du couple ouvrier, il chargea ses caisses dans la voiture de seconde classe, à la peinture écaillée et aux roues clouées de renforts de métal, stationnée devant sa cabane.

– Suzanne et moi, on a décidé de te suivre ! dit le mime.

Albert le regarda, une moue féroce sur le visage.

– T'es sûr ?

– On est foutus, maintenant. Autant qu'on serve la cause, une dernière fois. Hein, Suz' ?

Elle haussa les épaules. Elle se fichait de tout, désormais.

– Alors, si c'est pour sauver ton honneur ! ricana

Albert. Les bourgeois fuient la ville car ils ont la trouille au cul. Je vais me glisser dans le convoi des lâches et tu te feras passer pour l'un d'entre eux, François, rien de plus facile pour toi !

Ils recouvrirent les caisses de couvertures graisseuses puis empilèrent un amas hétéroclite d'objets, des chaises, une petite commode, des lampes, des ustensiles de cuisine et des babioles diverses pour simuler un départ en villégiature. Suzanne monta dans la charrette où elle se recroquevilla, les genoux contre la poitrine et s'endormit tout de suite. François voulut lui prendre le biberon des mains mais elle s'y accrochait.

Ils se mirent en route, dans le flot des voitures sur les toits desquelles s'empilaient des bagages sanglés et que suivaient des remorques pleines de joli mobilier. La campagne devenait soudainement attrayante ; l'envie de se mettre au vert, irrésistible. Anonymes dans cet exode, ils ressemblaient à une famille de plus dans la longue file des Parisiens quittant la ville.

– La gamine a compris que Jeanne Desroselles se trouvait chez vous le jour de l'enterrement de la Louve, pesta le rouquin. Quelqu'un d'autre est au courant ? La femme bizarre qui se prend pour un homme, peut-être ? Tu ne trouvais pas ça trop beau qu'elle s'intéresse à Suzanne ?

François le regarda, ébahi. Il venait d'assassiner un homme, il projetait d'en tuer des centaines d'autres et il remâchait cette histoire.

– Personne ne sait la vérité, lui rappela le mime. Même

Simon Metz n'avait pas de preuve. Ce qu'on a fait, tous les deux, ça reste entre nous. Mais quelle importance, maintenant ?

– J'aurais dû le crever ce jour-là, je n'ai que des regrets.

Albert jura alors que le flot de voitures s'immobilisait. Les flics remontaient le long des voitures en regardant à l'intérieur. François, sentant ses intestins se liquéfier, espéra éviter de se souiller sous les yeux de son ami.

L'homme en capeline prit appui sur la roue. Il regarda Albert qui lui adressa un signe de tête, puis François et enfin les différentes possessions entassées dans la charrette. Son regard s'attarda sur Suzanne, plusieurs secondes, une éternité. Il fronça les sourcils : cette soûlarde étendue de tout son long ne respectait pas la pudeur avec sa robe retroussée découvrant des cuisses maigres et marquées d'ecchymoses. La nervosité gagnait Albert. Il se gratta la joue. Sa main glissa au-dessus de sa poche. C'est alors que le flic tourna la tête car ses collègues appelaient des renforts. Plus haut, un passant hors de lui faisait du grabuge. Le sergent de ville sauta sur la chaussée pour rejoindre l'attroupement. Une fois la voie dégagée, Albert poussa un rire nerveux.

– Je l'aurais tué sur place, lui aussi ! s'exclama-t-il en essuyant ses mains moites sur son pantalon. Je te jure que je l'aurais fait. Ah, le salaud ! Qu'est-ce qu'il m'a fait peur ! Il n'allait quand même pas faire foirer mon beau massacre.

Albert riait de tout son cœur. François se rappela que son ami avait poussé le même rire après avoir poursuivi

Simon Metz ce jour maudit de l'année précédente. Le mime se rappellerait sa vie entière des événements qui avaient suivi les obsèques de Louise Michel. La découverte en rentrant chez lui du corps inanimé de Jeanne Desroselles. Suzanne qui priait pour le rétablissement de la bourgeoise. Elle les connaissait par cœur, ses prières, même si, avant ce jour-là, il ne l'avait jamais entendue les prononcer.

* * *

Paris, 23 janvier 1905

À l'aube, après avoir donné consigne à Suzanne de n'ouvrir à personne, François courut chez Albert pour lui expliquer la situation. Le rouquin ricana. Dans quel merdier pas possible il s'était foutu ! Le mime le supplia de lui filer un coup de main. L'autre tergiversa, prenant plaisir à voir son ami en pleine panique, mais, bon prince, lui promit de l'aider à se débarrasser du corps. Il avait eu une idée, dit-il en décrochant une pioche du mur. François demanda où il voulait l'enterrer. Dans le bois de Vincennes ? Albert le regarda avec des yeux ronds. Il croyait peut-être ingénieux de louer une charrette, placer le corps dans un coffre et traverser Paris alors qu'avec leurs gueules de prolétaires, les flics les contrôlaient à tous les coins de rue ? Il avait vraiment envie de finir avec sa tête dans un panier ? Non, la solution consistait à dissimuler le corps sur place.

Ils revinrent avec leurs outils dans la maison de la rue Planchat. Horrifiée par l'idée, Suzanne se mit à pleurer. Ce n'était pas possible ! Ils n'allaient pas faire ça ! Elle deviendrait folle en vivant avec une morte sous ses pieds ! Albert se mit en colère. Elle avait une meilleure solution ? Préférait-elle découper le corps et le jeter dans la Seine morceau par morceau ?

Ils déplacèrent le lit et commencèrent à piocher dans la terre sans rencontrer un seul rocher. Creuser un trou d'un mètre de profondeur leur prit une journée entière. Les dimensions étaient moins grandes que celles d'usage dans les cimetières, mais ça suffirait bien. Ils placèrent à l'intérieur le corps de Jeanne Desroselles et, sans perdre de temps à se recueillir, le recouvrirent de terre. Puis les deux hommes tassèrent le sol à coup de talon. Pour terminer, ils remirent le lit à sa place.

Simon Metz vint fouiner autour de chez eux tandis qu'Albert et François, transpirant, les mains pleines de terre, buvaient un coup devant la maison. Il était curieux de ce qu'il se passait et leur posait des questions. C'était du gros œuvre ? Ils faisaient un boulot de terrassier ? Il pouvait jeter un coup d'œil ?

– Mêle-toi de tes oignons ! cracha Albert.

Metz sourit. Les rapports tendus lui plaisaient.

– Tu enterres ta femme ? demanda-t-il en se tournant vers François.

– Pourquoi tu dis ça ?

– Oh, t'en fais une tête ! C'était pour blaguer. Je vous ai entendus, hier soir. Tu lui as mis une sacrée branlée.

Qu'est-ce qu'elle hurlait ! Au début, je pensais à des cris d'amour, Mais je me suis trompé. Ça ressemblait plutôt à quelqu'un qui s'en prenait plein la gueule. Je n'ai pas pour habitude de me mêler des affaires des autres, mais elle est où, ta femme ?

Simon Metz avait la réputation de gratter tout ce qu'il pouvait, sans honte aucune. Il t'embobinait avec ses belles paroles. Quand il pariait de l'argent avec toi, c'était pour t'arnaquer. Et puis la police le recherchait, c'était un secret de polichinelle.

– Suz' a fait une crise de nerfs, mais ça va mieux, maintenant, dit François en toquant à la porte. Suzanne, viens voir !

Elle sortit de la maison, en refermant soigneusement la porte derrière elle.

– Qu'est-ce que tu veux ?

– Simon croit que je t'ai battue.

– Pas du tout, dit-elle en ouvrant de grands yeux. J'ai l'air malheureuse ?

– Et la blonde qui t'accompagnait hier soir, elle est toujours là ?

L'atmosphère devint glaciale. Albert jeta à Metz un regard terrible tandis que François baissait les yeux.

– Ça fait longtemps qu'elle est rentrée chez elle, répondit Suzanne. On a joué aux cartes et elle a tout perdu.

Elle eut même le courage de pousser un petit rire. Simon Metz les regarda, sceptique. Quelque chose lui échappait.

– T'as fait une crise de nerfs ? demanda-t-il à Suzanne.

Elle ne sut pas quoi répondre. Il tendit sa main vers la poignée de la porte.

– Enlève tes sales pattes ! cria Albert en bondissant sur ses pieds.

– Vous êtes bien nerveux, les gars !

Furieux, le rouquin sortit son marteau et en asséna un coup sur la main de Simon Metz. Il y eut un craquement. L'homme poussa un cri de souffrance.

– T'es complètement dingue ! Pourquoi tu m'agresses !

Albert leva son marteau et l'abattit en direction de Metz. Le bloc d'acier passa à deux doigts du visage de l'homme qui, dans un geste dérisoire, levait ses mains pour protéger sa tête.

– Que je te revoie plus jamais, cracha Albert tandis que l'autre s'enfuyait, ou je te jure que je te fais la peau !

CHAPITRE 36

Paris, 25 avril 1906

Dans la rue Planchat, noire de monde, flottait une émotion inhabituelle qui n'était pas seulement due à la perspective du premier mai. En laissant traîner l'oreille, Leroy comprit que des collègues avaient fait une descente et embarqué des riverains. Mais des innocents. Pas ceux qui avaient commis un acte horrible. Comme il n'était pas du coin, les habitués lui jetèrent des regards méfiants. Inutile de poser des questions à des gens qui, groupés, ne lui répondraient pas. Mieux valait traîner tranquillement dans le quartier pour saisir une opportunité.

Un peu plus bas dans la rue, il remarqua une fille adossée au mur qui se cambrait joliment et, le voyant passer, lui adressa un regard de braise. Une femme plus âgée – sa mère, sans doute, à cause de l'air de famille –, vêtue d'une grande blouse, se tenait assise sur un banc de pierre. Les deux mains posées à plat sur ses genoux, elle se grattait les dents avec un bout de bois. Leroy imagina à quoi ressemblerait la jeune fille quelques années plus tard et l'idée le déprima.

– Je cherche François Michaux. Il habite dans le quartier, n'est-ce pas ?

– François a du succès, en ce moment. Qu'est-ce que vous lui voulez ?

– Nous nous sommes rencontrés à Courrières. Je viens à Paris pour le premier mai, alors je voulais le saluer, c'est tout.

– Vous êtes un de ses amis ?

– Exactement !

– François a fait des conneries. C'est lui que la police recherche !

Leroy pesta intérieurement. Ça n'arrangeait pas ses affaires. Il demanda des précisions aux deux femmes mais elles ne répondirent pas tout de suite, attendant la monnaie en échange de leurs informations. Aussitôt la transaction faite, la jeune fille répéta volontiers ce qu'on lui avait rapporté. Les coups de marteau. Les hurlements. Le corps du bourgeois dont les membres s'agitaient nerveusement. Un membre de la famille Desroselles, disait-on. Fallait pas s'en prendre à ces gens-là. Les représailles seraient épouvantables. Les flics ne leur ficheraient pas la paix avant longtemps.

– Vous voulez parler des grands bourgeois du parc Monceau ?

– Cette famille-là, oui !

Depuis le début, les événements gravitaient autour

de ce nom, celui de la disparue à laquelle s'intéressaient Sorgue et Simon Metz.

– Pourquoi Michaux aurait-il tué cet homme ?

– Pour être honnête, cela ne lui ressemble pas. Il est plutôt mou du genou. Mais vous savez, d'après moi, ce n'est pas lui qui a tué le bourgeois.

Elle était mignonne comme tout et souriait en attendant sa rallonge. Ce n'était pourtant pas le moment de tomber sous le charme d'une jeune putain, pensa Leroy.

– À ma connaissance, un seul homme se sert d'un marteau comme d'une arme, un dénommé Albert, un grand roux, avec des rouflaquettes, qui se promène la chemise ouverte. Je suis en froid avec lui depuis qu'il a tabassé un clochard.

– Et il crèche où, Albert ? demanda Leroy en faisant le rapprochement avec l'apache soupçonné d'incendie dont avait parlé le patron de l'atelier.

– Y a pas grand monde qui le sait, dit la fille.

– Mais vous, oui !

Elle hocha la tête, ses yeux brillaient. Leroy sortit des sous qu'il déposa dans ses deux petites pattes d'oiseau serrées l'une contre l'autre. Elle jeta sa tête en arrière et rit à gorge déployée. D'un coup, la vie lui paraissait d'une simplicité enfantine. Elle aurait pu parler toute la journée à cet homme généreux, et toute la nuit, et plus si affinités. Leroy, lui, s'imagina un instant se promener avec cette demoiselle accrochée à son bras. Avec une jolie toilette et pomponnée, elle pourrait presque faire illusion.

– Il s'est installé à deux pas d'ici, dans le quartier des baraquements. Les clochards ont pris possession des lieux et les flics viennent rarement.

Elle le guida jusque là-bas, en jouant avec bonheur au guide touristique, sans oublier de saluer des connaissances avec de grands gestes de la main car elle faisait tout avec ostentation. Leroy avait presque oublié qu'il existait à Paris des endroits aussi indignes, des habitations de fortune plantées sur une décharge dont l'odeur soulevait le cœur et où les rats proliféraient. Seuls vivaient ici les animaux les plus répugnants. La fille lui désigna la cabane dont la porte était constituée d'une vieille couverture coincée dans une solive. À l'intérieur, l'odeur était encore plus abjecte si c'était possible. Mauvais vin. Fermentation. Moisissure. Charogne. On ne pouvait rien faire ici à part mourir. Mais derrière cette première vague flottait l'odeur chimique du chlorate de potasse. Le produit pouvait servir comme herbicide mais sachant qu'il se trouvait chez un potentiel incendiaire, il pensa à son autre utilisation, celle qui permettait de fabriquer des explosifs. Les bouseux étaient de grands spécialistes de bombes artisanales. Ils se taisaient, ployaient l'échine pendant des années et, d'un coup, confectionnaient une machine infernale qu'ils vous envoyaient à la gueule. D'autres bonbonnes en verre contenaient des fonds de produit chimique dont l'odeur puissante et acide confirma les craintes de Leroy. Le rouquin préparait un attentat.

Il demanda à la jeune fille de l'aider à trouver des informations sur cet homme ou sur François Michaux.

Il la paierait largement et lui ferait même des cadeaux. Si elle avait jamais rêvé d'une babiole, d'une boîte de dragées, d'un joli ruban, qu'elle le lui dise, il le lui achèterait, il le jurait devant Dieu.

– Y a peut-être le clochard ! Albert l'avait viré pour s'installer à sa place. Je sais qu'il tournait autour de la cabane en attendant le moment propice pour reprendre sa place. Je vais voir s'il traîne dans le coin.

– Un problème, vous m'appelez. Tenez, je vous verse une prime de risque et, à votre place, je ne dirai rien à votre mère.

Un rire échappa à la jeune fille. Cet argent facile lui donnait le tournis. Elle se coucherait, là, tout de suite, s'il le lui demandait, mais ce n'était pas encore le moment, elle fila faire ce qu'il désirait. Leroy s'interrogea sur la cible d'Albert. Peut-être voulait-il semer la terreur dans la ville, viser la préfecture ou un ministère ! En fouillant la cabane, il trouva au fond d'un seau des résidus de papiers brûlés. Quand il voulut prendre une feuille, elle se transforma en poussière entre ses doigts. Un vieil indicateur des chemins de fer aux bords noircis traînait au fond, sous les cendres.

– M'sieur ?

La fille se tenait là, devant lui, les mains sur les hanches, la tête inclinée, le visage victorieux.

– Je l'ai trouvé. Il se cachait à trois mètres. Il nous épiait, je crois.

Le clochard portait des marques de coups sur le visage. Ses mains aussi se trouvaient dans un sale état, noires, gonflées. Il avait reçu une belle correction peu de temps auparavant. Son dos formait une arche et il tenait debout en s'appuyant sur un bâton.

– Vous connaissez l'homme qui habite dans cette cabane ?

– Albert qu'il s'appelle, une saleté. Il m'a foutu à la porte de chez moi. Il m'a tapé si fort que je me suis réveillé dans la rue. Mais je vais pas me laisser faire. J'attends mon heure. Je le guette depuis plusieurs jours.

– Vous l'avez vu partir ?

– En début d'après-midi. Ils étaient trois : Albert, l'autre qui ouvre jamais sa gueule et une femme. Ils avaient le feu au cul. J'ai bien entendu ce qu'il a dit, Albert, quand il est monté dans sa charrette. Il voulait se rendre à Argenteuil.

Leroy regarda l'indicateur des chemins de fer. Bloquer un train, c'était le meilleur moyen d'immobiliser la société. Il feuilleta le carnet sans trouver d'indication particulière, puis il regarda la carte en format réduit. Un rond léger tracé à la mine entourait le viaduc ferroviaire d'Argenteuil. Il vérifia encore, reprit chaque page au début, sans rien trouver d'autre. C'était ça la cible. Forcément. Les trains militaires traversaient ce pont pour acheminer les troupes.

La fille se plaça tout près de lui et tendit sa main en souriant. Où avait-elle mis les autres pièces, mystère ! Peut-être dans de petites poches secrètes cousues à l'intérieur de ses vêtements. Il lui donna ce qu'il lui restait.

– Et mes cadeaux ?

– Je reviendrai, ma chérie, tu peux te fier à moi. Je le jure sur ce que j'ai de plus cher. Je t'achèterai tout ce que tu veux. Et tu sais quoi ? Je t'emmènerai dans un restaurant haut de gamme, où ils servent de la grande cuisine française, un truc à tomber à la renverse.

CHAPITRE 37

Paris, 25 avril 1906

Madeleine Pelletier discutait avec une patiente quand les policiers surgirent dans la pièce, furieux de les trouver dans une situation anodine car ils s'attendaient à mieux, à une femme allongée sur la table avec le docteur grattant dans son ventre, peut-être.

Ils conduisirent la patiente à l'extérieur tandis que les flics restés dans le cabinet se livraient à une fouille en règle, recherchant du matériel d'avorteuse et des preuves de n'importe quel ordre, deux ou trois mots griffonnés à la hâte suffisaient à incriminer un suspect en ces temps troublés. Ils lui passèrent les menottes et la poussèrent brutalement dehors, au su et au vu de tous les riverains, dont certains réprouvèrent ouvertement les démêlés de ce docteur avec la police.

– Elle vous a proposé l'avortement ? demanda un fonctionnaire à la patiente qui sourit nerveusement au ton ridicule qu'il prenait pour lui poser la question, comme si le mot honni lui écorchait la bouche. Vexé de cette réaction, l'homme la frappa au visage. Elle poussa un cri de douleur. Il demanda à la cantonade si les gens connaissaient cette triste putain qui semait la vérole, qu'ils la regardent bien et l'évitent à tout prix s'ils ne voulaient pas causer le déshonneur de leur famille. Il écumait de rage tandis que devant lui les passants se détournaient en baissant la tête.

– Laissez cette malheureuse ! lui dit Pelletier.

Retournant sa colère contre elle, le policier lui arracha son chapeau et le jeta par terre.

– Une femme, ça ? Quelle honte ! Une invertie, oui ! Cette criminelle tue des enfants français ! Vous entendez, messieurs dames ? Vous connaissez cette avorteuse ? Ce sont vos enfants qu'elle assassine !

Il la poussa dans le fourgon de police réservé pour elle. Deux policiers montèrent à sa suite, qui, inspirés par leur supérieur, la rudoyèrent tout le long du trajet. Quand elle arriva au commissariat, elle n'en pouvait plus. On la jeta dans une petite pièce où, plus tard, deux autres policiers la rejoignirent.

– Nous devons vérifier votre sexe parce que, vous comprenez, avec votre accoutrement, nous avons des doutes. Déshabillez-vous !

Le ton du flic était sans appel. Son acolyte croisait les bras sur la poitrine et la regardait d'un air supérieur.

– Certainement pas, répondit-elle d'une voix rauque, moins assurée qu'elle n'aurait voulu.

Le premier homme claqua des doigts à l'adresse de

son collègue. Aussitôt, Pelletier leva les mains, mais c'était trop tard. L'homme lui asséna une violente gifle qui la jeta par terre. À genoux, le souffle coupé, elle commença à se déshabiller. Leurs regards rivés sur elle, ils se répandirent en vulgarités. Avec ses seins plats et ses hanches droites, son corps ressemblait furieusement à celui d'un homme. Ça leur paraissait bizarre, monstrueux. Ils lui demandèrent d'écarter les jambes et s'approchèrent pour mieux voir. Elle crut qu'elle allait y passer mais ils se contentèrent de jeter ses vêtements dans la pièce et la forcèrent à se mettre à quatre pattes pour les ramasser. Une fois revêtue, ils la conduisirent dans un petit bureau sans fenêtre empuanti par des remugles d'odeurs corporelles et de tabac âpre et froid où l'attendait un autre policier.

Il possédait un dossier sur elle, contenant sa vie entière, de ses origines familiales à ses études de médecine, en passant par son engagement politique, et commença par l'assommer de reproches. Avait-on idée de s'habiller en homme ? Ce n'était pas un signe de santé mentale. Souffrait-elle de lesbianisme ? D'inversion ? Savait-elle que la justice pouvait lui faire des ennuis rien que pour cette manie ? Elle était malade, on devrait l'enfermer, voilà tout, en tant qu'erreur de la nature !

– Vous êtes médecin et vous revendiquez régulièrement le droit à l'avortement qui, je vous le rappelle, est un crime. Que faisait cette femme chez vous ?

– Elle venait consulter, comme toute patiente.

– Voulait-elle un avortement ?

– Cela me semble peu probable puisqu'elle n'est pas enceinte.

– Ne riez pas. L'affaire est grave. Nous allons récupérer la liste de vos habituées pour mener notre enquête. Nous finirons par trouver quelque chose. Mais tout d'abord, ce qui nous intéresse, ce sont vos relations avec une jeune femme, Jeanne Desroselles, dont la famille reste sans nouvelles depuis plus d'un an.

– J'ai appris sa disparition tout récemment. J'ignorais ce drame.

– Qui vous a informée ?

– Lucie Desroselles qui cherchait sa cousine, répondit-elle après une hésitation. J'ai fini par me souvenir d'elle. Nous avions échangé quelques mots une fois ou deux à la sortie d'une réunion politique. Cette histoire m'intéressait. J'ai essayé de l'aider.

– Lucie Desroselles rapporte que vous avez peut-être quelque chose à voir avec la disparition de sa cousine. Elle a entendu des témoignages en votre défaveur.

Pelletier se décomposa en apprenant ce revirement. Elle avait fait confiance à la jeune fille. Mal lui en avait pris !

– Qui m'accuse ?

– Suzanne Michaux, une ouvrière mêlée au meurtre de Jacques Desroselles, le frère de la disparue. Nous la recherchons activement, ainsi que son époux. La connaissez-vous ?

Les événements s'enchaînaient très vite. Le frère de Lucie, assassiné ?

– Elle fréquente les fortifications, c'est tout ce que je sais.

L'homme notait ses réponses d'une écriture élégante et calibrée.

– Le conseil de l'Ordre a décidé de suspendre votre activité de médecin tant que cette affaire ne sera pas tirée au clair. Vous avez interdiction d'exercer jusqu'à nouvel ordre.

La phrase lui fit l'effet d'un coup de poing. La sanction administrative. Pour elle qui avait déjà du mal à joindre les deux bouts, c'était la ruine assurée. Elle devait de l'argent à la banque. En faisant un emprunt, elle avait mis le doigt dans un engrenage. Si elle n'avait plus de revenu, elle se retrouverait à la rue. Par orgueil, elle ne montra rien, et cette nonchalance typiquement masculine hérissa son interlocuteur. Il n'arrivait pas à véritablement jouir de son pouvoir.

– Vous ne voulez rien ajouter ? la relança l'homme.

Pelletier haussa les épaules. Jamais elle ne s'abaisserait à la dénonciation. Plutôt mourir. L'officier la fit ramener dans la cellule des femmes, un asile où avait été ramassé le rebut de la nuit, les putains les plus saoules et les folles en déshérence. Elle pensa à sa mère, qui se serait indignée, puis elle s'attela à soulager les souffrances de ses congénères.

CHAPITRE 38

Argenteuil, 25 avril 1906

Ils avaient gagné Argenteuil sans encombre, car les policiers contrôlaient seulement les voyageurs faisant le chemin inverse, au cas où ils se rendraient à Paris pour la manifestation. Au pied du viaduc ferroviaire, un long ouvrage soutenu par des colonnes doubles, Albert attacha le cheval à un arbre. Ils éteignirent les lanternes mais le ciel étoilé qui se reflétait dans la Seine leur permettait de voir où ils posaient leurs pieds. Suzanne, repliée en chien de fusil, les deux poings serrés sous son menton, dormait profondément sous sa couverture. Elle se réveilla pendant qu'ils déchargeaient le matériel et leur demanda cinq minutes pour émerger.

– Tu restes là faire le guet, lui ordonna Albert.

Les deux hommes portèrent les caisses avec précaution sur le flanc du talus et poursuivirent leur chemin jusqu'à la première pièce du pont où ils disposèrent les marmites et déroulèrent des mèches. Albert estimait à deux minutes le temps entre la mise à feu et le moment où les bombes exploseraient. Puis ils se cachèrent dans un épais taillis de buissons. S'ils faisaient sauter la voie maintenant, les autorités auraient peut-être le temps de stopper la circulation ferroviaire. Il était préférable d'attendre que le train passe la gare d'Argenteuil et apparaisse à l'entrée du pont de l'autre côté du fleuve. Puis ils se turent en pensant à ce qu'ils étaient sur le point d'accomplir.

– Je ne suis pas sûr que ce soit une bonne idée, finalement, dit François, dépassé.

Albert lui jeta un regard las.

– Tu n'as jamais pu prendre une seule décision franche de ta vie. Et Courrières, alors, plus de mille morts, le sang des ouvriers, la grève décapitée ! Et les camarades tués par les flics à bout portant ! Et ceux que les patrons ont conduits à la mort de les avoir exploités jusqu'à l'os. Ça ne veut plus rien dire pour toi ? Tu rechignes ?

François secoua la tête, sans rien dire. Après tout, ne s'était-il pas toujours laissé porter par les événements ?

Le sifflement de la locomotive se répercuta dans le silence de la nuit, bien avant qu'ils entendent le souffle de la vapeur. Albert poussa un rire de satisfaction à l'idée de commettre l'irrémédiable. Le mime, lui, ferma les yeux. Le moment fatidique se rapprochait et l'impression d'étouffer qu'il ressentait devenait de plus en plus forte.

Albert alluma les mèches. En voyant la vitesse à laquelle elles se consumaient, ils dévalèrent le talus à grandes enjambées et sautèrent dans un fossé, croisant leurs mains derrière leur tête pour se protéger des retombées. La déflagration résonna sur les eaux noires de la Seine, moins forte qu'ils ne l'auraient cru. François eut un doute. Avaient-ils vraiment réussi à rompre la voie ? Le bruit de la locomotive augmenta. Son phare surgit dans une explosion de lumière. Le train passa sur les rails sans même un hoquet à l'endroit où la bombe avait sauté puis il disparut dans la nuit, laissant derrière lui une traînée de hennissements car les animaux, peut-être plus sensibles que les hommes, avaient perçu un problème. En constatant que le viaduc n'avait pas bougé d'un pouce, Albert lâcha des chapelets de jurons. En courant, les deux hommes regagnèrent la berge où ils avaient garé la charrette. Le vieux cheval, nerveux, piaffait d'inquiétude. Le rouquin lui flatta l'encolure pour le rassurer.

– Doux, mon grand, tu vas nous rendre service, encore une fois.

– Vous avez réussi ? demanda Suzanne enroulée dans la couverture.

– Ferme ta gueule ! lança Albert.

Ils s'apprêtaient à monter dans la charrette pour fuir le plus loin possible lorsqu'une voix retentit dans l'obscurité :

– Police ! Arrêtez-vous !

Déjà ? Ils avaient fait vite, les cognes ! Mais quand François se retourna, il distingua un homme seul qui pointait une arme sur eux. Ils ne l'avaient pas entendu approcher. Peut-être que le bruit de l'explosion suivi du passage du train avait couvert son arrivée. Mais où donc étaient ses collègues ? Les flics se déplaçaient toujours en groupe. L'homme arma son pistolet. François leva les mains bien en vue, la trouille au ventre à l'idée que le flic presse la détente.

– On n'a rien fait de mal ! lâcha Albert.

François comprit que les choses allaient déraper. C'était avec cette intonation faussement innocente que son ami avait parlé aux militaires avant de les agresser. Et là, ils avaient atteint un point de non retour. Passer au tribunal pour un attentat conduisait directement à la guillotine.

– On va causer, quand même ! dit-il en avançant vers le policier, les mains enfoncées dans ses poches.

– Reste où tu es, Albert ! dit l'homme. Montre-moi tes mains.

Un gloussement échappa au rouquin. La surprise et la fierté d'être reconnu. C'était son heure de gloire. Il s'arrêta un instant, comme s'il obtempérait, puis il se précipita sur la silhouette sombre en glissant la main à sa poche. L'homme n'hésita pas une seconde à lui tirer dessus. Albert s'effondra d'un coup tandis que la détonation résonnait sur le fleuve.

Le policier braqua alors son arme en direction de François, pétrifié par la scène venant de se dérouler sous ses yeux. Il pensa à s'enfuir en zigzaguant, tête baissée pour éviter les balles. S'il réussissait à atteindre la Seine, bon nageur, il se laisserait porter par le courant, puis donnerait quelques mouvements de brasse pour rejoindre la rive opposée et là-bas, il recommencerait sa vie. À zéro. Il trouverait un lieu de fête foraine, de manèges et de chevaux de bois et, pour gagner un peu d'argent, ferait son numéro de mime. Il avait toujours trouvé sa vie dégueulasse mais la perspective de la poursuivre ailleurs lui semblait merveilleuse. Plutôt s'enfuir que de faire face.

À cet instant, il comprit à quel point il était lâche.

Depuis longtemps le monde s'était effondré autour de lui. Il pensa à Suzanne, se rappelant qu'il l'avait aimée un jour, mais elle n'apparaissait même pas dans son rêve. À partir du moment où Jeanne Desroselles était morte, elle avait sombré tandis que lui, de son côté, avait fait semblant de continuer à vivre, en s'impliquant dans les luttes ouvrières ou en suivant Albert comme son ombre. Chaque homme possédait un talent. Le sien consistait à faire semblant, c'était ce qu'il réussissait le mieux. Mais maintenant, il n'en avait plus la force. Épouvanté, il se mit à avancer vers le flic qui lui ordonnait de ne plus bouger. Il entendit des hurlements de femme. Suzanne ? Il croyait qu'elle ne tenait plus à lui. Il sourit comme Albert et porta sa main à sa poche.

Le choc dans sa poitrine lui procura une douleur effroyable. Il eut l'impression que la balle lui avait traversé le cœur. Ses jambes ne répondaient plus. Il s'effondra, incapable de bouger et pourtant, il se sentait léger.

L'homme penché sur lui le regardait avec tristesse. Il n'était pas du genre à le traiter de salopard d'anarchiste ou de crevure et pourtant il lui avait tiré dessus. Sa voix lointaine lui parlait de Simon Metz. Ce salopard reviendrait donc le hanter jusqu'en enfer ? Il ne voulait plus rien avoir affaire avec lui, ni dans ce monde ni dans l'autre d'ailleurs. La nuit tombait enfin. Sans aucune étoile. Rideau.

CHAPITRE 39

Argenteuil, 25 avril 1906

Leroy repoussa brutalement la poivrote qui essayait de le frapper mais cela ne l'empêcha pas de revenir à la charge. Elle hurlait à s'en péter les cordes vocales. Il la saisit par les cheveux et la jeta au sol où elle se tordit la cheville en tombant, couina encore un moment à travers ses larmes puis se dirigea à quatre pattes vers la bouteille qui lui avait échappé pour boire à la tétine.

Il avait facilement identifié Albert à sa crinière rousse. Quant à l'autre homme, il s'agissait du mime, à coup sûr. Pourquoi cet imbécile avait-il avancé sur lui en portant une main à la poche de sa veste ? Il ne pouvait ignorer qu'en faisant ce geste, il courait à une mort certaine. L'acte ressemblait furieusement à un suicide, d'autant qu'en le fouillant, Leroy découvrit qu'il ne portait pas d'arme. Un témoin crucial de l'affaire concernant Sorgue disparaissait. Ne restait que la femme. Elle avait réussi à se relever en pleurnichant et à s'asseoir sur un rocher, incapable de poser son pied par terre. Au moins, elle ne pouvait pas s'enfuir.

– Pourquoi vous ne me tuez pas ? lui demanda-t-elle.

Il lui ordonna de répondre à ses questions, rien de plus. Elle reconnut qu'elle était présente à Lens quelques jours après la catastrophe de Courrières.

– Je veux vous interroger sur un homme abattu là-bas. Vous le connaissez forcément, c'était votre voisin, Simon Metz. Je sais que vous êtes impliquée dans cette histoire. Expliquez-moi ce qu'il s'est passé.

Elle regardait la bouteille de ses yeux vitreux. Leroy ne sut dire si elle réfléchissait ou pas.

– Vous connaissez la citoyenne Sorgue ? dit-elle enfin. Une révolutionnaire qui parcourt le pays. Nous l'avons rencontrée dans le coron de Sallaumines. Une fois sa visite terminée, nous l'avons raccompagnée jusqu'à Lens. Sur le chemin, nous sommes passés devant le hangar où nous logions, et Simon Metz nous attendait. Il avait un compte à régler avec nous à cause d'une histoire ancienne. Le ton a commencé à monter et puis il nous a menacés avec un couteau. Sa lame s'est plantée dans la main que j'ai levée devant moi pour me protéger. La citoyenne lui a crié d'arrêter, mais il n'entendait rien, ou il s'en fichait. Il lui tournait le dos. Alors, elle lui a tiré dessus ! Je vous jure que c'est vrai. Il s'est effondré.

Les pires craintes de Leroy se réalisaient. Il s'était raccroché à un millier d'explications qui auraient pu justifier le silence de Sorgue sur cette affaire, la volonté de protéger de pauvres gens ou l'espoir qu'elle n'avait rien à voir avec ce crime et refusait simplement de coopérer avec la police, mais au fond de lui-même, il avait éprouvé des doutes dès le départ.

– Qu'est-ce qui me prouve que vous dites la vérité ?

Elle lui montra la paume de sa main marquée d'une cicatrice en forme d'étoile.

– La citoyenne vous a-t-elle donné quelque chose pour appuyer sur la plaie ?

– Son mouchoir, je crois. Il s'est vite gorgé de sang. Après, François a enroulé un foulard autour de ma main. La citoyenne est rentrée à son hôtel. Nous, dans notre chambre. Et puis nous sommes repartis dès que possible à Paris.

– Y a-t-il eu d'autres témoins ? Le coup de feu a dû attirer l'attention.

– Je ne crois pas, nous n'avons vu personne. Mais il y avait beaucoup de bruit en ville, à cause de la catastrophe. On entendait des sirènes sans interruption. Des voitures circulaient. Ça n'arrêtait pas. Le bruit d'un coup de feu s'est perdu dans tout ce vacarme.

– Pourquoi Simon Metz vous a-t-il agressés ?

– À cause d'un malheur qui remonte à l'année dernière. Vous avez déjà entendu parler de Jeanne Desroselles ?

Elle but une autre gorgée. Maintenant qu'elle avait commencé à se confesser, elle allait jusqu'au bout. La parole libérait, disait-on. Elle lui raconta ce qui était arrivé à la jeune femme ainsi que la fuite de Simon Metz. Elle ne s'attendait pas à le retrouver dans le Nord. Quand François avait eu l'idée d'imiter Basly, beaucoup de gens l'avaient remarqué, dont leur ancien voisin. Il avait commencé à les entreprendre sur Jeanne Desroselles. Un encart et une photographie avaient paru dans la presse en mémoire de sa disparition. Il avait fait le rapprochement et menaçait de les dénoncer à la police s'ils ne le payaient pas.

– Mais il n'avait pas de preuve !

– C'est ce que lui a dit François, mais il n'en démordait pas. Le soir, il nous attendait devant notre immeuble pour revenir à la charge. Il avait de mauvaises intentions et nous a accusés devant Sorgue d'avoir assassiné Jeanne Desroselles. Le nom était facile à retenir : Desroselles, les bourgeois du parc Monceau.

C'est à ce moment-là que Sorgue avait entendu ce nom, pensa Leroy, d'où les recherches entreprises dans les journaux. Sorgue avait tué, par deux fois. Le mineur et le contremaître. N'importe quel flic honnête l'aurait dénoncée. Mais il refusait de la trahir à nouveau. C'était au-dessus de ses forces.

Le mime était mort. La seule personne pouvant témoigner contre Sorgue était cette femme, une ivrogne à laquelle il était impossible d'accorder la moindre confiance. Au premier signe de manque, elle attribuerait le crime à la citoyenne. Il en avait connu, des gens capables de dénoncer père et mère pour un verre d'alcool. Leroy s'était juré de tirer Sorgue d'affaire, peu importe les extrémités auxquelles il en viendrait, mais la solution qu'il entrevoyait lui faisait mal, quand bien même Suzanne n'en avait plus pour longtemps et se fichait de son sort.

– Buvez ! dit-il en lui tendant la bouteille.

Il aurait le temps, plus tard, de s'arranger avec sa conscience. Elle ôta la tétine et huma le parfum de l'alcool comme si elle en appréciait la finesse. Puis elle porta le goulot à ses lèvres. Elle avait une sacrée descente. Les bulles d'air éclataient dans la gnôle. Elle repoussa la bouteille pour retrouver son souffle. Elle tanguait, assise sur son rocher.

– Encore ! ordonna-t-il.

– Vous voulez que je m'empoisonne, moi aussi ?

Elle avait compris ce qu'il se passait et ne rechignait pas. Le visage renversé, le goulot cognant contre ses dents, elle buvait sans interruption et Leroy entendait l'écoulement du liquide dans sa gorge. À un moment, elle dut interrompre son mouvement et grimaça en poussant un gémissement de douleur. Malgré l'habitude d'ingurgiter de grandes quantités, son corps protestait.

Puis elle perdit pied et se mit à chantonner une berceuse de son enfance. Leroy l'encouragea à boire encore mais elle n'en pouvait plus. Elle repoussait la bouteille. C'était trop. Elle régurgita de l'alcool. Il remit la tétine et la lui enfonça dans la bouche, lui ordonnant de bien sucer, tout jusqu'à la dernière goutte. Il en restait encore un peu. Elle n'allait pas gâcher. C'était une bonne fille.

Une fois qu'elle eut perdu conscience, Leroy prit dans ses bras cette femme qui ne pesait presque rien et la porta jusqu'au bord de la Seine. Il la déposa dans l'eau et lui maintint la tête sous la surface jusqu'à ce qu'elle ne bouge plus.

Puis il retourna auprès du corps de François Michaux, muni de l'arme qu'il gardait sur lui depuis Roquefort, celle qui avait appartenu à Sorgue. Il l'essuya soigneusement et la plaça dans la main du mort. La police de Lens s'intéressait déjà à cet homme. Elle demanderait un complément d'enquête. En analysant l'arme retrouvée sur son corps, les experts se rendraient compte qu'elle avait servi à abattre le mineur. Sorgue sortirait innocentée de cette affaire et ne saurait jamais ce que son ancien secrétaire avait commis pour elle. Et si toutefois elle l'apprenait, elle n'en croirait pas un mot.

ÉPILOGUE

Paris, 21 mai 1906

La fille de Charonne n'en revenait pas que Leroy tienne sa promesse et l'emmène dans les grands magasins pour lui acheter de jolis vêtements. Il l'attendait pendant qu'elle faisait des essayages et lorsqu'elle venait lui montrer le résultat, il souriait en prétendant que tout lui allait à merveille. Elle sentait bien qu'il s'en fichait. Elle choisit une jolie robe myosotis aux épaules ornées de broderies. Au rayon des parfums, elle s'enivra des senteurs tout en s'exclamant de manière démonstrative, si bien que les vendeuses la regardaient d'un air pincé. Quelque chose dans sa manière de s'exprimer ne leur convenait pas. Leroy haussa les épaules et lui recommanda de parler doucement, de choisir ses mots.

– Je te gêne ?

– Pas du tout ! J'aime que les hommes se retournent sur toi quand je me promène à ton bras. Tu sais quoi ? Ce soir, je t'emmène dîner au restaurant de la tour Eiffel.

Elle ouvrit des yeux ronds, aussi surprise que s'il lui avait proposé de voyager dans les étoiles.

– Je croyais que l'établissement était fermé ?

– C'était le cas le premier mai parce que les propriétaires avaient peur du Grand Soir, mais comme il ne s'est rien passé, ils ont rouvert dès le lendemain.

Le jour de la manifestation, des milliers de soldats avaient assuré la sécurité de la ville en gardant les magasins, les banques et les bâtiments publics. Le préfet Lépine conduisait lui-même les opérations. Il n'aurait jamais laissé passer l'occasion d'une telle mise en scène de sa propre gloire. Des régiments de cuirassiers et de chasseurs à cheval bouclaient le quartier République. L'après-midi, les dragons tournaient en cercle sur la place, appliquant la technique du manège Mouquin, empêchant quiconque de s'y rassembler. Rue du Château-d'Eau, un barrage empêchait les ouvriers d'entrer à la Bourse du travail. Les plus véhéments se retrouvaient au poste. Des fantassins repoussèrent les cohortes d'ouvriers dans les rues adjacentes et le long du canal Saint-Martin. Des batailles eurent lieu autour du funiculaire de Belleville, qui fut renversé, mais ce fut à peu près tout. Des balcons de leurs immeubles haussmanniens, les bourgeois contemplaient les événements, friands des détails qu'ils observaient à l'aide de leurs petites jumelles. Ils montraient du doigt des échauffourées, hélaient les gendarmes pour dénoncer les ouvriers réfugiés derrière des portes cochères et applaudissaient quand une escouade poussait devant elle une poignée de prisonniers.

Quelques jours plus tard, les radicaux gagnaient les élections, confortant ainsi Clemenceau au ministère de l'Intérieur.

Leroy et la fille prirent l'ascenseur pour le restaurant situé au deuxième étage de la Tour. Un serveur les reçut avec déférence et les guida sous les arches en bois sculpté jusqu'à leur petite table blanche. Retenant la leçon, elle n'ouvrit pas la bouche et pouvait passer pour une dame, si on n'y regardait pas de trop près.

Leroy lui tendit la carte et lui dit de choisir ce qu'elle voulait. C'était sa soirée. Elle ne savait pas quoi commander parce qu'elle n'avait jamais entendu parler de ces plats qui paraissaient écrits dans une autre langue. Il commanda du champagne. Elle n'en avait jamais bu. Elle goûta une gorgée dans sa coupe translucide et se tourna vers les toits de Paris dont la vue était sublime, s'attardant à les contempler, décidée à savourer chaque instant.

– J'en reviens toujours pas de ce qu'ils ont fait, tous les trois, dit-elle au bout d'un moment. Les bombes et tout le reste. C'était mes voisins. Je leur parlais tous les jours.

Elle ignorait le rôle que Leroy avait joué dans la mort des ouvriers. Au cours de leur promenade, elle lui avait posé deux ou trois questions mais il était resté évasif et elle n'avait pas insisté.

La presse s'était déchaîné sur les anarchistes, ces incapables qui, ne connaissant rien aux lois élémentaires de la physique, avaient placé leurs bombes entre les pièces métalliques du pont. Les gaz s'étaient échappés sans causer aucun dommage. Si ces abrutis n'avaient pas eu l'idée de s'entre-tuer, personne ne se serait rendu compte de leur attentat terroriste.

Mais lorsque la police identifia les morts, l'affaire prit une nouvelle tournure. Les deux hommes étaient recherchés pour leur implication dans le meurtre de Jacques Desroselles. En fouillant la maison de François Michaux, des agents avaient découvert dissimulé dans le sol le corps de la sœur aînée, disparue l'année précédente. Quels monstres ces prolétaires étaient-ils pour vivre en toute conscience avec une morte sous leurs pieds ? Quel degré de haine fallait-il pour tuer les enfants d'une famille fortunée, à cause du symbole de réussite qu'elle représentait ou par simple jalousie !

La fille voulait encore du champagne. Leroy leva la main en direction du serveur. Tout autour d'eux, les bourgeois buvaient des verres à leurs tables. Ils pouvaient de nouveau respirer. Ce premier mai avait été calme au bout du compte, plus qu'un dimanche ordinaire. On leur avait bien monté la tête avec cette histoire. Ils s'étonnaient d'avoir eu si peur et ils souriaient maintenant, en se tapant sur le ventre, heureux de voir la vie reprendre son cours.

– Je me sens bien, avec toi, dit Leroy à la fille.

Pour toute réponse, elle l'embrassa. Il mentait et elle savait qu'il mentait mais ils jouaient la comédie tous les deux et ils tenaient parfaitement leur rôle.

ILS ONT COLLABORÉ À CE LIVRE :

PIERRE FOURNIAUD
DIRECTION ÉDITORIALE ET COORDINATION

HERVÉ DELOUCHE
RELECTURE ET CORRECTION

CHIMÈNE PEUCELLE
CORRECTION

BRUNO RINGEVAL
COMPOSITION

DONATA JANSONAITĖ
IMPRESSION

MARIE-ANNE LACOMA
SUIVI COMMERCIAL ET PROMOTIONNEL

FLORA MORICET
RELATIONS PRESSE

LES ÉQUIPES DU CDE ET DE LA SODIS
DIFFUSION ET DISTRIBUTION

AGENCE TRAMES
CESSIONS DE DROITS

LES LIBRAIRES
COMMERCIALISATION ET PROMOTION

DÉPÔT LÉGAL : OCTOBRE 2022
IMPRIMÉ EN UE